D1995359

Lektüre Durchblick plus

Download: Inhaltsangabe als MP3

Franz Kafka

Der Proceß

Inhalt · Hintergrund · Interpretation

Friedrich Hobek

Mit Info-Klappe

mentor
Eine Klasse besser.

Willkommen bei »mentor Lektüre Durchblick«!

Sie lesen gerade den »**Proceß**« im Deutschunterricht?
Dann finden Sie hier in knapper und verständlicher Form – oft auf besonders übersichtlichen Doppelseiten – gerade die Informationen, die Sie jetzt brauchen.
Sie werden sehen: Wenn Sie sich mit diesem Hintergrund den »Proceß« nochmals vornehmen, steht dem vollen Durchblick nichts im Wege. Denn je mehr Sie schon wissen, desto mehr entdecken Sie selbst im Text – und so macht Deutsch-Lektüre erst richtig Spaß!

Viel Erfolg

wünschen Ihnen
Friedrich Hobek und der mentor Verlag

Der Autor:
Friedrich Hobek, Studium der Fächer Deutsch, Englisch, Linguistik und Philosophie. Zahlreiche literaturwissenschaftliche Veröffentlichungen in Buch- und Zeitschriftenform, unter anderem zu Franz Kafka.

Zitate und Abkürzungen:
F Franz Kafka: Der Proceß. Roman in der Fassung der Handschrift. Frankfurt a. M. 1994 (= Fischer Taschenbuch Verlag, Bd. 12443)
R Franz Kafka: Der Proceß. Roman. Stuttgart 1996 (= Reclams Universal-Bibliothek Nr. 9676)
(Textgrundlage der beiden Ausgaben ist: Franz Kafka: Der Proceß. Roman in der Fassung der Handschrift. Herausgegeben von Malcolm Pasley. Frankfurt a. M. 1990: S. Fischer)
Alle genannten Ausgaben basieren auf Franz Kafkas Manuskript. In Orthografie und Zeichensetzung entsprechen sie deshalb nicht immer den derzeit gültigen Normen.

Wegweiser

Inhalt

Die Thematik in Kürze

Ein albtraumhaftes Geschehen spielt sich vor dem Leser ab: mysteriöse **»Verhaftung«** – unklare **Schuld** – fehlende **Anklage** – nicht fassbarer **»Prozess«** – unsichtbares **»Gericht«** – unbekanntes **Gesetz** – fehlendes **Urteil** – grausame **Hinrichtung**.

Frühe Interpreten haben vermutet, beim »Proceß« handle es sich eigentlich um einen religiösen Roman. Geht es also um

- **religöse Themen?**

Ja, natürlich, aber auf sehr eigentümliche Weise. Kafka behandelt die religiöse Thematik zwar mit großem Ernst, doch ist er der traditionellen Religion gegenüber **skeptisch** eingestellt. Oft verlagert er religiöse Vorstellungen auf das **Diesseits**, auf die **Gesellschaft**. Ist der Roman also eine

- **satirische Kritik an Justiz und Bürokratie?**

Solche Elemente sind gewiss enthalten. Bedenken Sie, dass wir Wendungen aus dem Gerichtswesen oft im übertragenen Sinn verwenden: »über jemanden zu Gericht sitzen«, »jemandem den Prozess machen«. Kafka beschäftigt sich mit den vielfältigen Ausprägungen der Macht in unserem Alltag.

Er behandelt aber vor allem auch

- **die Frage nach der richtigen Lebensgestaltung,**

doch wird nicht klar, ob er ein so schwieriges Unterfangen wie das eines geglückten oder »richtigen« Lebens für möglich hält. Denken Sie auch hier an Alltagswendungen: ein »verfehltes« Leben, »mit sich selbst hart ins **Gericht** gehen«.

Die Handlung in Kürze

Der Roman liest sich an der Oberfläche wie die **Geschichte eines grotesken Justizirrtums**, doch heißt es im Text ausdrücklich, es sei nicht ein Prozess *vor dem gewöhnlichen Gericht* (F100; R86). In der Kapitelfolge ist deutlich eine **Dreiteilung** zu erkennen.

Josef K., ein **unauffälliger Bankbeamter**, wird eines Morgens im Auftrag eines mysteriösen »Gerichts« überfallartig **verhaftet**, obwohl er **sich keiner Schuld bewusst** ist und ihm auch **nie eine konkrete Anklage mitgeteilt** wird. Trotz der »Verhaftung« darf K. weiter seine Arbeit verrichten und kann angeblich sein Leben wie gewohnt führen. Dennoch greift in diesem Teil des Romans das Gericht wiederholt in K.s Leben ein und beruft ihn zu einer Untersuchung. Es bestraft aber auch die Wächter, über die er sich beschwert hat.

Im zweiten Teil hält sich das Gericht von K. fern, oder es scheint zumindest so zu sein. K. versucht ebenso verzweifelt und ziellos wie ergebnislos den Grund für seinen »Prozess« zu erfahren und zu diesem unsichtbaren Gericht vorzudringen, gelangt jedoch immer nur zu untergeordneten Vertretern, die höchst korrupt sind. Er sucht vermeintliche Helfer auf, einen dubiosen Advokaten und einen Gerichtsmaler, die ihm vor Gericht beistehen bzw. ihn beraten sollen. Helfer glaubt er auch in Frauenbekanntschaften zu finden. K. gewinnt schließlich den **Eindruck, dass alles zum Gericht gehört**.

Im dritten Teil trifft K. im Dom der Stadt einen Gefängniskaplan, der ihm die **Türhüter-Parabel** erzählt, die wahrscheinlich als letzte Warnung des Gerichts (oder als endgültige Irreführung?) gedacht ist. Ein Jahr nach der Verhaftung wird K. in einem abgelegenen Steinbruch **wie in einem Ritualmord hingerichtet**. Seinen **Richter hat er nie gesehen**. Sterbend kommt er sich vor *wie ein Hund* (F241; R211).

Inhalt

Die Handlung

Der Roman wird von Kafka in einer sachlichen und präzisen Sprache erzählt, was das Makabre des rätselhaften Geschehens noch verstärkt. Zitiert werden im Folgenden diejenigen Stellen des Romans, die für das Verständnis wichtig sein können.

Verhaftung (F9–25; R7–21)

Jemand mußte Josef K. verleumdet haben, denn ohne daß er etwas Böses getan hätte, wurde er eines Morgens verhaftet (F9; R7). Es ist sein 30. Geburtstag, als zwei Gerichtsbeamte (im Roman »Wächter« genannt) ihn buchstäblich aus dem Bett heraus verhaften. Er ist Bankbeamter in einer *verhältnismäßig hohen Stellung* (F16; R13); er ist erster Prokurist und lebt als Junggeselle zur Untermiete. Auf die Frage nach dem Grund seiner Verhaftung erwidert einer der beiden Wächter, dass sie nicht bestellt seien, ihm das mitzuteilen. Das Verfahren sei eingeleitet und er werde alles *zur richtigen Zeit erfahren* (F11; R8). Der Wächter meint, es gehe bereits über seinen Auftrag hinaus, dass er mit ihm so freundschaftlich spreche. Die beiden begutachten seine Wäsche und empfehlen ihm, sie lieber ihnen zur Aufbewahrung zu überlassen als sie ins Depot des Gerichts zu geben, da dort öfter kleine Diebstähle vorkämen, dass man dort außerdem die Sachen nach einer gewissen Zeit verkaufe, ohne Rücksicht, ob das Verfahren schon zu einem Abschluss gekommen sei oder nicht. Auch dauerten einige Prozesse sehr lange.

Vorübergehend neigt Josef K. dazu, das Ganze als einen bösen Scherz anzusehen, den ihm seine Arbeitskollegen anlässlich seines Geburtstages gespielt haben. Etwas später wird ihm hingegen von einem der beiden Wächter mitgeteilt, dass die Behörde vor so einer Verhaftung *sich sehr genau über die Gründe der Verhaftung und die Person des Verhafteten* informiere, es gäbe keinen Irrtum. Die Behörde suche auch *nicht [. . .] die Schuld in der Bevölkerung, sondern wird wie es im Gesetz heißt von der Schuld angezogen* (F14; R12). Auf K.s Einwand, dass er dieses Gesetz nicht kenne, meint der Wächter, dass er es wohl *zu fühlen bekommen* (F15; R12) werde. Auch der Aufseher der Verhaftung, der in der Zwischenzeit in einem anderen Untermiet-Zimmer gewartet hat (die Bewohnerin, ein Fräulein Bürstner, ist schon fortgegangen), kann ihm nur die Tatsache seiner Verhaftung mitteilen, nicht mehr.

Überraschenderweise lässt man K. seinen Berufspflichten nachgehen, er soll auch in seiner *gewöhnlichen Lebensweise nicht gehindert sein* (F23; R19); noch am selben Tag darf er mit einem Taxi in seine Bank fahren. Begleitet wird er dabei allerdings von drei jüngeren Bankbeamten, die offensichtlich die ganze Zeit über in der Wohnung gewartet haben, ohne dass Josef K. sie gleich bemerkt hat.

Gespräch mit Frau Grubach – Dann Fräulein Bürstner (F26–40; R22–34)

Josef K. ist der Auftritt in der Untermietwohnung peinlich. Am selben Abend entschuldigt er sich wortreich bei seiner Zimmervermieterin, Frau Grubach, der die Verhaftung *wie etwas Gelehrtes* (F28; R24) vorkommt. Sie hält sie aber nicht für schlimm. Außerdem habe ihr das Ganze gar nicht so viel Arbeit bereitet.

Josef K. entschuldigt sich auch bei Fräulein Bürstner, seiner Zimmernachbarin, die spätabends vom Theater nach Hause kommt. Erstaunt bittet sie ihn in ihr Zimmer, wo K. ihr mitteilt, dass die Untersuchungskommission ohne seine Schuld ihr Zimmer benutzt habe. Fräulein Bürstner ist überrascht, sie weiß gar nicht, dass ihr Zimmer in Unordnung war, lediglich die Fotografien auf dem Nachttisch sind noch durcheinandergeworfen. K. missversteht ihre Nachsicht und Freundlichkeit; von einer plötzlichen Emotion ergriffen, wird er zudringlich und küsst die Erschrockene auf den Mund, *und dann über das ganze Gesicht, wie ein durstiges Tier mit der Zunge über das endlich gefundene Quellwasser hinjagt* (F39; R34). Ein Geräusch aus dem Nebenzimmer schreckt ihn auf, er verabschiedet sich – schon wieder sehr förmlich – mit einem Handkuss. Kurz darauf liegt K. in seinem Bett und denkt vor dem Einschlafen noch etwas über sein Verhalten nach und ist damit *zufrieden* (F40; R34).

Erste Untersuchung (F41–59; R35–50)

An seiner Arbeitsstelle wird K. telefonisch verständigt, dass schon am nächsten Sonntag *eine kleine Untersuchung* (F41; R35) stattfinden werde, solche Verhöre würden regelmäßig in kurzen Abständen folgen. Josef K., sichtlich von seiner Unschuld überzeugt (an der er in Worten durchgehend festhält), denkt sich, diese erste Untersuchung werde auch *die letzte* (F42; R35) sein. Als Adresse wird ihm *ein Haus in einer entlegenen Vorstadtstraße* (F41; R35) genannt.

Als er dort bei *trübe[m] Wetter* (F43; R37) ankommt, erwartet er, das Amtsgebäude sei schon von Weitem zu erkennen, doch statt auffälliger Architektur findet er nur *fast ganz einförmige Häuser, hohe graue von armen Leuten bewohnte Miethäuser* (F44; R37). K.s Eindruck von dieser Gegend ist widersprüchlich, denn auch Zeichen von Solidarität und Hilfe kann er bemerken. (Es ist hier zu bedenken, dass sich der »Beamte« in einem ihm »fremden« proletarischen Stadtviertel aufhält.) Er beobachtet zuerst idyllisch wirkende Familienszenen, doch wird auch klar, dass es ein heruntergekommenes Viertel mit ärmlicher Bevölkerung ist: Ein altes Grammofon spielt, in den Hinterhöfen ist Wäsche zum Trocknen aufgehängt, Kindergeschrei ist zu hören, *[h]albwüchsige scheinbar nur mit Schürzen bekleidete Mädchen* (R46; R39) laufen herum.

Da K. die genaue Nummer der Treppe bzw. des Zimmers nicht kennt, gelangt er erst auf Umwegen und nach mehrmaligem Klopfen an verschiedenen Türen durch Zufall in den gesuchten Verhandlungssaal. Es ist ein *mittelgroßes zweifenstriges Zimmer* mit einer Galerie an der Decke, so dass die dichtgedrängten *Leute nur gebückt stehen konnten* (F47; R40).

Als er den Raum betritt, meint eine Frau, sie müsse die Tür jetzt schließen, es dürfe *niemand mehr hinein* (F47; R41). Durch ein dichtes Gedränge schwarz gekleideter Leute gelangt er zur Versammlung, in der sich schon zwei Parteien, eine linke und eine rechte, gebildet haben. Es stellt sich bald heraus, dass die erste ihm freundlich, die zweite ihm feindlich gesinnt ist, was sich durch wiederholtes Händeklatschen bzw. Murren äußert. K. ist genau um eine Stunde zu spät gekommen, wirft ihm der Untersuchungsrichter vor, der ihn für einen Anstreicher hält.

K. nimmt diesen Irrtum zum Anlass einer langen »Verteidigungsrede« (F51ff.; R43ff.), in der er seinen Prozess ein *lüderliches Verfahren* nennt. Er spricht von einem *öffentlichen Mißstand* und von *Korruption der Beamtenschaft,* von der *korrupten Bande* bzw. von *Lumpen*, und beschwert sich über die überfallsartige Verhaftung durch die Wächter, das *demoralisierte Gesindel*, das ihm das Frühstück wegaß und sich in der Frage der abgenommenen Wäsche bestechlich zeigte. Was ihm widerfahren ist, sei *Zeichen eines Verfahrens wie es gegen viele geübt wird.* Er besteht auf seiner Unschuld. Er wagt es sogar, den Untersuchungsrichter zu demütigen, indem er ihm die schriftlichen Unterlagen – das *Heftchen* – entreißt und auf den Boden fallen lässt bzw. später mit der Faust auf den Tisch schlägt, den Richter sogar als *läppisch* bezeichnet.

Unter dem wüsten Lärm der Versammlung verlässt K. den Saal. Er erhält vom Untersuchungsrichter, der ihn bei seinen Vorwürfen nicht zurechtgewiesen hat, den Rat:

» *Ich wollte Sie nur darauf aufmerksam machen [...], daß Sie sich heute – es dürfte Ihnen noch nicht zu Bewußtsein gekommen sein – des Vorteils beraubt haben, den ein Verhör für den Verhafteten in jedem Falle bedeutet* (F58f.; R50).

Im leeren Sitzungssaal – Der Student – Die Kanzleien

(F60–86; R51–74)

Am nächsten Sonntag glaubt K. wieder zu einer Verhandlung gehen zu müssen. Doch der Sitzungssaal ist leer. Die Frau des Gerichtsdieners bietet ihm ihre Hilfe durch ihre Beziehungen an. Sie beklagt sich, dass ihr ein Student und der Untersuchungsrichter nachstellen. Durch ihre Hilfe gelingt es K., einen Blick auf die beiden *Gesetzesbücher* des Untersuchungsrichters zu werfen: Das eine enthält ein unanständiges Bild, das andere trägt den Titel »*Die Plagen, welche Grete von ihrem Manne Hans zu erleiden hatte*« (F63; R53) – eine ironische Anspielung auf das Märchen.

Als der Student der *unbekannten Rechtswissenschaft* (F67; R57), ein künftiger »Gerichts«-Beamter also, die Frau abschleppt, um sie dem Untersuchungsrichter als Sexualobjekt zu bringen, unterhält sich K. mit dem betrogenen Ehemann, der sich nicht wehren darf. Dann begibt er sich mit ihm in die auf dem *Dachboden [eines] Miethauses* untergebrachten *Gerichtskanzleien* (F71; R61). Er trifft dort auf apathische Angeklagte: *Sie standen niemals vollständig aufrecht, der Rücken war geneigt, die Knie geknickt, sie standen wie Straßenbettler* (F75; R64).

Ermüdet und von einem Schwindelanfall ergriffen, möchte K. zum Ausgang, findet ihn aber nicht. Ein Mädchen erklärt ihm die Ursache seiner Übelkeit durch die auf das Dach brennende Sonne. Nur mühsam gelangt K. ins Freie. Er nimmt sich vor, *alle künftigen Sonntagvormittage besser als diesen* (F86; R74) zu verbringen.

Der Prügler **(F87–94; R75–81)**

Einige Tage später wird Josef K. Zeuge, wie in der Rumpelkammer der Bank seine beiden Wächter von einem Prügler sadistisch gequält werden, weil K. sich beim Untersuchungsrichter über sie beschwert hat. Damit wurde auch ihre weitere Laufbahn zerstört, hätten sie doch selbst zu Prüglern befördert werden können. Als einer der beiden schreit, wirft K. die Tür zu, aus Angst, die Bankdiener könnten alles entdecken. Zu seiner Bestürzung findet er am nächsten Abend die Situation unverändert vor.

Der Onkel – Leni (F95–117; R82–101)

Eines Tages taucht in der Bank K.s Onkel, ein kleiner *Grundbesitzer vom Lande* auf; K. selbst bezeichnet ihn bei sich als *Gespenst vom Lande* (F95; R82), da er sich oft unangemeldet für Stadtbesuche bei ihm einquartiert. Der Onkel hat von dem Prozess seines Neffen bereits gehört; er denkt vor allem an die *Schande* (F98; R85), die der Familie dadurch entstehe, sie wäre dadurch auf dem *Boden gedemütigt* (F101; R87). K. erklärt ihm mit einem aufschlussreichen Satz, es handele sich gar *nicht um einen Proceß vor dem gewöhnlichen Gericht* (F100; R86).

Der besorgte Onkel rät zu einem Erholungsurlaub auf dem Land, dadurch wäre K. *dem Gericht gewissermaßen entzogen* (F100; R87), da er nicht ständig erreichbar sei. K. entgegnet, dass man dies als *Flucht und Schuldbewußtsein* (F100; R88) deuten könnte.

Resolut bringt der Onkel K. zum Armenadvokaten Huld, mit dem der Onkel zur Schule ging. Nach langem Warten öffnet ihnen Leni, die Pflegerin des kranken Advokaten. Offensichtlich »betreut« sie ihn aber auch sexuell. Während des längeren Begrüßungsgesprächs zwischen dem Onkel und dem Advokaten und einem gerade anwesenden Kanzleidirektor wird K. von der koketten Leni ins Nebenzimmer gelockt. Sie bietet ihm ihre Hilfe an, meint aber, er müsse ein *Geständnis* bei Gericht (F114; R98) machen. Sie setzt sich auf seinen Schoß, *nahm seinen Kopf an sich, beugte sich über ihn hinweg und biß und küßte seinen Hals, biß selbst in seine Haare* (F116; R100) und verführt ihn schließlich. Bei der Verabschiedung gibt sie ihm den Hausschlüssel, sodass K. sie jederzeit besuchen kann.

Der Onkel erwartet ihn vor dem Haus und macht ihm schwere Vorwürfe, weil er sich mit der Geliebten des Advokaten, *einem kleinen schmutzigen Ding* (F116; R101), eingelassen und damit eine für alle überaus peinliche Situation geschaffen habe und weil er ihn, seinen Onkel, vor dem Haus stundenlang im Regen hat warten lassen.

Advokat – Fabrikant – Maler (F118–174; R102–151)

Der Gedanke an den Prozess verlässt K. nun nicht mehr, er hält jedoch daran fest, es sei *notwendig jeden Gedanken an eine mögliche Schuld von vornherein abzulehnen. Es gab keine Schuld* (F132; R114). Sein Advokat hat ihn bisher mit endlosen Reden über die Undurchsichtigkeit des Gerichtswesens und seine Beziehungen gelangweilt. Obwohl Huld andere Anwälte verächtlich als Winkeladvokaten bezeichnet, scheint er ebenfalls einer zu sein. Josef K. beschließt, selbst eine »Eingabe« zu machen, eine *Verteidigungsschrift* (F118; R102) abzufassen. Das führt er jedoch nicht aus, denn die Schwierigkeiten sind zu groß.

Während eines Besuchs beim Gerichtsmaler Titorelli, der angeblich beste Kontakte zur Beamtenschaft unterhält, wird K. über die Struktur des »Gerichts« und die Art der »Prozesse« unterrichtet: Abgesehen von der – freilich nur legendären – *wirklichen Freisprechung*, wie sie wahrscheinlich nur bei wirklicher Schuldlosigkeit ausgesprochen werde, gebe es die *scheinbare Freisprechung*, die allerdings eine unendliche Kettenreaktion von erneuten Verhaftungen und vorübergehenden Freisprüchen nach sich ziehe, und die *Verschleppung* (F162f.; R139), bei der der *Proceß dauernd im niedrigsten Proceßstadium erhalten* werde (F168; R146).

Obwohl der Maler indirekt andeutet, dass K., wenn er von der eigenen Unschuld wirklich überzeugt sei, sich ausschließlich auf die Freisprechung verlassen solle, interessiert sich K. vor allem für die anderen beiden Versionen.

Ein im Atelier befindliches Bild der Göttin der Gerechtigkeit erinnert K. an die Göttin des Sieges, dann an die Göttin der Jagd, wobei ihm diese Mehrdeutigkeit gar nicht gefällt. *Sie hetzen Dich* (F215;

R187), meint Leni in einem späteren Kapitel, wobei dann mehr zu unterscheiden ist, ob mit »sie« das unsichtbare »Gericht« gemeint ist oder die Arbeitswelt. K. ist selbst ein »Gejagter« geworden.

Aus Anspielungen wird klar, dass Titorelli mit den Mädchen, deren Gesichtsausdruck *eine Mischung von Kindlichkeit und Verworfenheit* (F149; R129) darstellt, auch sexuelle Beziehungen unterhält. Denn er berichtet: *[I]ch will ins Bett steigen, da zwickt mich etwas ins Bein, ich schaue unter das Bett und ziehe wieder so ein Ding heraus* (F151; R131).

Obwohl der Maler in einer Gegend wohnt, die am anderen Ende der Stadt liegt, stellt K. erstaunt und erschrocken fest, dass sich auch hier das »Gericht« ausgebreitet hat. *Gerichtskanzleien sind doch fast auf jedem Dachboden* (F173; R150), klärt ihn der Maler auf. *Es gehört ja alles zum Gericht* (F158; R137), meint er halb im Ernst, halb im Scherz schon früher.

Kaufmann Block – Kündigung des Advokaten

(F175–208; R152–181)

K. entzieht dem Advokaten die Vertretung. In seinem Entschluss bestärkt wird er durch den Anblick Blocks, eines Angeklagten, dessen Prozess nun schon fünf Jahre dauert und der in sklavischer Abhängigkeit von Huld dahinvegetiert: *Das war kein Klient mehr, das war der Hund des Advokaten* (F205; R178). Huld zwingt Block zu Aussagen, die eine Anspielung auf Gottes Allmacht darstellen (vgl. F202; R175: *Du sollst keine anderen Götter neben mir haben*, heisst es in den 10 Geboten des »Alten Testaments«, Exodus 20,3).

Im Dom **(F209–235; R182–205)**

K. soll einem Geschäftsfreund der Bank die Hauptsehenswürdigkeit der Stadt, den imposanten Dom, zeigen. Statt des Erwarteten trifft K. dort auf einen Geistlichen, der sich als der Gefängniskaplan des »Gerichts« herausstellt und behauptet, dass er es war, der ihn hierher rufen ließ, um mit ihm zu sprechen. Offensichtlich versucht der Geistliche K.s Begriffsstutzigkeit hinsichtlich seines Prozesses – *Siehst Du denn nicht zwei Schritte weit?* (F224; R195) – zu durchdringen, indem er ihm das Gleichnis vom Türhüter erzählt. Zu diesem kommt *ein Mann vom Lande* (F226; R197), der Einlass ins »Gesetz« begehrt, sich aber abweisen lässt und sein ganzes Leben wartend vor der Tür verbringt, bis ihm der Türhüter kurz vor seinem Tode mitteilt: *[D]ieser Eingang war nur für Dich bestimmt* (F227; R198).

Unter dem Titel **»Vor dem Gesetz«** hat Kafka diese berühmte Parabel dem schon niedergeschriebenen, jedoch unvollendeten Roman entnommen und 1915 veröffentlicht. Alle Interpreten sind sich darüber einig, dass dieser **Text im Text** das **Kernstück des Romans** eine Art »innerer Fahrplan« ist, ja eine **Schlüsselstelle zur Deutung von Kafkas Gesamtwerk.**

K. identifiziert sich sofort mit dem *Mann vom Lande* und ist überzeugt, dass dieser vom Türhüter getäuscht wurde (wie er selbst vom »Gericht«), dass er (wie er selbst) unschuldig sei. Die daraufhin vom Geistlichen vorgebrachten Auslegungsmöglichkeiten des Gleichnisses verwirren Josef K. Er hält aber an seiner Meinung fest, dass der Mann getäuscht wurde. Zuvor hatte ihm der Geistliche mitgeteilt, es stehe um seinen Prozess schlecht, und hatte ihm geraten, nicht *zuviel fremde Hilfe* (F223; R195), vor allem nicht bei Frauen, zu suchen.

Ende (F236–241; R206–211)

Am Vorabend seines 31. Geburtstages kommen zwei förmlich auftretende, in schwarze Gehröcke gekleidete Herren in die Wohnung K.s, der *gleichfalls schwarz angezogen* (F236; R206) ist. Immer wieder, schon vor dem Betreten der Wohnung, entwickelt sich zwischen den beiden Fremden ein skurriler Streit um den Vortritt.

K. hat zwar einen anderen Besuch erwartet, ist aber nicht wirklich überrascht: Er weiß sofort, dass die beiden für ihn bestimmt sind. Die bleichen und fetten Männer kommen ihm vor wie *alte untergeordnete Schauspieler* (F236; R206) oder *Tenöre*, später wie *Krankenwärter* (F237; R207), er kann aber wegen der Dunkelheit ihre Gesichter nicht genau erkennen. Mit festem Griff führen sie ihn auf die stille, fast menschenleere Straße. Auf dem Weg glaubt er, aus der Ferne Fräulein Bürstner zu sehen. Versuchsweise übt sich K. im Widerstand, dessen *Wertlosigkeit* ihm allerdings sofort bewusst wird; doch dulden die beiden anscheinend, dass er die *Wegrichtung* (F238; R208) und später das Lauftempo bestimmt.

So ziehen alle drei in *vollem Einverständnis* zu einem *kleine[n] Steinbruch, verlassen und öde;* der *Mondschein* strahlt *Natürlichkeit und Ruhe* aus, *die keinem anderen Licht gegeben ist* (F239f.; F208f.). Es ist eine gespenstische Todeslandschaft. K. wird von einem der beiden – wieder entwickelt sich ein höflicher Streit um den Vortritt – bis aufs Hemd ausgekleidet.

Die Hinrichtung gleicht einem Ritualmord. Die beiden betten seinen Kopf zunächst auf einen Stein, der eine nimmt *ein langes dünnes beiderseitig geschärftes Fleischermesser*, hält es hoch und prüft seine Schärfe *im Licht*. Abermals kommt es zwischen den beiden zu – jetzt als *widerlich* bezeichneten – Höflichkeiten: Sie reichen über K.s Kopf hinweg das Messer hin und her. K. weiß, dass es seine Pflicht gewesen wäre, sich selbst umzubringen.

In einem angrenzenden Haus öffnet sich plötzlich, *[w]ie ein Licht aufzuckt,* ein Fenster. K. kann nur mehr kurz Vermutungen über die Identität des Unbekannten anstellen: *Wer war es? Ein Freund? Ein guter Mensch? [. . .] War es ein einzelner? Waren es alle?* (F241; R210). Er hat seinen Richter nie gesehen, er ist bis zum »Gericht« nie vorgedrungen. Wie in einer religiösen Opferung hebt er die Hände mit gespreizten Fingern.

» *Aber an K.'s Gurgel legten sich die Hände des einen Herrn, während der andere das Messer ihm ins Herz stieß und zweimal dort drehte. Mit brechenden Augen sah noch K. wie nahe vor seinem Gesicht die Herren Wange an Wange aneinandergelehnt die Entscheidung beobachteten. »Wie ein Hund!« sagte er, es war, als sollte die Scham ihn überleben.* (F241; R211)

Das **Geheimnis des »Gerichts«** hat sich **nicht enthüllt**. K. stirbt wohl in beginnender Einsicht, dass sein Leben unrichtig war, es bleibt aber unbestimmt, worin seine Fehler eigentlich bestanden haben. Sein **Verhalten in der makabren Hinrichtungsszene schwankt** zwischen **Einverständnis** und **Aufbegehren**, zwischen **Schuldgefühl** und **Aufblitzen zielloser Hoffnung**.

Hintergrund

Vom Überblick zum Durchblick

Das ist ja wie in einem Albtraum! Wenn das Ihr Eindruck bei der Lektüre war, liegen Sie keineswegs falsch. Kafka selbst bezeichnete in einer Tagebucheintragung am 16. August 1914 seine Schriftstellerei als *Darstellung seines traumhaften inneren Lebens*. Doch es erhebt sich die Frage, ob nicht auch ein Albtraum »wahre« Züge haben kann. Vielleicht will Kafka die in jedem Leben drohende Absurdität darstellen? Durch Übersteigerung sollen die undurchschauten Zwänge, die uns einengen, sichtbar werden.

Kafka ist noch immer ein Autor, der die Leser polarisiert. Sie werden es im Unterricht gemerkt haben. Eine Gruppe verschlingt fasziniert sein Werk, möchte möglichst viel über den Autor wissen, die andere Gruppe lehnt ihn ab. (Bei Deutschlehrern ist das übrigens ähnlich!) Aber: Sie sollen ja nicht durch *Beifallklatschen* oder *Murren* (F49; R42) abstimmen, sondern Argumente parat haben. Im Folgenden erfahren Sie deshalb mehr über diesen rätselhaften Autor aus Prag:

- über die Biografie des Dichters,
- über Sprache und Struktur des Textes sowie
- über die Entstehungszeit.

Von der Textanalyse zur Textproduktion

Sie werden sicher schon wissen, dass ein bedeutendes Werk oft mehrere Interpretationen zulässt, ja dass dies ein Merkmal seiner literarischen Qualität ist. Bei Kafka gibt es allerdings eine **Unzahl von Deutungsmöglichkeiten**. Über die wichtigsten Ansätze erfahren Sie mehr in der **Textanalyse** im Teil **»Interpretation«**.

Lassen Sie sich nicht entmutigen, eine für Sie gültige Deutung zu finden! Als Anregung hierzu sowie zur Vorbereitung auf den Unterricht sollen die **»Aufgaben mit Lösungstipps«** am Ende des Bandes dienen.

Der Autor

Franz Kafka
* 3. Juli 1883 in Prag
† 3. Juni 1924 in Kierling bei Wien

Familie und Erziehung

Dem aus ärmlichen ländlichen Verhältnissen stammenden Vater gelang es durch Ehrgeiz und einen zähen Aufstiegswillen, sich in Prag als Kaufmann zu etablieren. Die Familie der Mutter gehörte dem Prager Bürgertum an.

Franz war ein sehr sensibles Kind. Später beschrieb er den auch äußerlich robusten Vater als übermächtigen Familiendespoten, der ihn gefühlsmäßig grob vernachlässigte. Franz wurde streng und widersprüchlich erzogen. Besonders frustrierend war das »Pawlatschen-Erlebnis«: Als der kleine Junge einmal in der Nacht schrie, stellte ihn der Vater zur Strafe auf den Innenhof-Balkon, der in Prag Pawlatsche heißt.

Der innere Zwiespalt

Nicht nur die Erziehung hat in Kafka schon sehr früh ein Gefühl der Fremdheit entstehen lassen, sondern auch die Herkunft, denn er gehörte in mehrfacher Hinsicht einer Minderheit an: Im überwiegend von Tschechen bewohnten Prag hatte sich die Familie für das Deutsche als Umgangssprache entschieden, doch als Juden gehörten sie nicht ganz zur privilegierten Schicht der Deutsch Sprechenden; zudem war für den Vater das Judentum reine Formalität geworden.

Kafkas große Ängste haben ihn zwischen seelischer Lähmung und intensivstem dichterischen Schaffen schwanken lassen.

Der Beamte

Nach Abschluss eines ungeliebten Jurastudiums wurde Kafka 1908 Beamter der halbstaatlichen »Arbeiter-Unfall-Versicherungs-Anstalt« für das Königreich Böhmen (damals Teil der Österreichisch-Ungarischen Monarchie). Der pflichtgetreue Beamte hatte insofern eine privilegierte Stellung, als die Arbeitszeit nur bis 14.00 Uhr dauerte. Kafka war bei seinen Kollegen nicht unbeliebt und beruflich durchaus erfolgreich.

Kafka und die Frauen

Franz Kafka hatte eine zutiefst gespaltene Einstellung gegenüber der Ehe. Zwar fühlte er sich auf der einen Seite verpflichtet, eine Ehe einzugehen und eine Familie zu gründen, auch quälte ihn die Einsamkeit, doch standen einer längeren Bindung seine Berufung als Dichter und seine zwanghaften Lebensgewohnheiten entgegen. Sexualität zu erleben, dazu war er durchaus in der Lage, doch sah er sie als unrein an.

Der Schriftsteller

Kafka betrachtete seine Beamtentätigkeit als gehassten Brotberuf, aber auch als unvermeidliche Voraussetzung für die eigentliche Lebensform als Dichter. Kaum einer hat das Schreiben mit solch kompromisslosem Ernst aufgefasst wie er. Indem Kafka diesen Konflikt bis an die Grenze des Möglichen durchlebte, führte er eine Doppelexistenz, wobei er sich und seinem Körper alles abverlangte und oft bis zum frühen Morgen und bis zur Erschöpfung schrieb.

Krankheit und Tod

1917 wurde Lungentuberkulose festgestellt. 1922 wurde er vorzeitig pensioniert. Er starb 1924 in einem Privatsanatorium nahe Wien.

Der biografische Kontext

In einem Mädchen namens Felice Bauer, das er 1912 kennenlernt, glaubt Kafka eine **Lösung des eben erwähnten Zwiespalts** den Frauen gegenüber gefunden zu haben. Er wirbt um Felice, gesteht aber selbst in einem Brief (20. April 1913), dass er sie *nicht eigentlich liebe*, sondern *eigentlich anbete*.

Sie dient ihm vor allem als **Objekt seiner Heiratspläne**, nicht als Frau des Liebesverlangens. Wegen der räumlichen Distanz – sie wohnt in Berlin – kann er sich in täglich abgesandten Briefen in diese Wunschprojektion hineinsteigern. 1913 und 1914 macht er nun diesem »**Wunschbild**« die ersten Heiratsangebote, weist aber gleichzeitig auf die Schwierigkeiten in der Ehe mit einem Dichter hin. Den bürgerlichen Beruf als Beamter aufzugeben, um sich nur der Schriftstellerei zu widmen, kommt wegen der Verantwortung gegenüber einer Familie auch nicht in Frage. Die eher praktisch orientierte und beruflich erfolgreiche Felice (sie ist Prokuristin) bleibt von dem ständigen Werben nicht unbeeindruckt, auch wenn sie Vorbehalte äußert. Im Mai 1914 kommt es zur **Verlobung**.

In den folgenden Wochen ändert sich der Ton seiner Briefe, Kafka warnt Felice, sich mit ihm zu verbinden. In einer Tagebucheintragung (6. Juni 1914) sieht er sich *gebunden wie ein Verbrecher*. Dies zeigt, wie sehr er die bevorstehende Heirat als Gefangenschaft empfindet, doch scheint ihm auch klar zu sein, dass er Felice als Heiratsobjekt missbraucht. Er hat außerdem begonnen, einer Freundin Felices namens Grete Bloch vertrauliche Briefe zu schicken. Das Scheitern der Verlobung war von Kafka »vorprogrammiert«. Am 12. Juli 1914 erfolgt in Anwesenheit von Zeugen eine klärende Aussprache in einem Berliner Hotel, wobei Grete Bloch auch aus den belastenden Briefen vorliest. Es kommt zur **Entlobung**, die Kafka als zutiefst peinlich erlebt. Im Tagebuch (23. Juli 1914) bezeichnet er später die Szene als *Gerichtshof im Hotel* und Grete Bloch als *Richte-*

rin. Er fühlt sich nun zwar **befreit** – auch **zum Schreiben** –, empfindet aber **tiefe Schuldgefühle** wegen der gescheiterten Familiengründung und gegenüber der Frau, die er durch seine Briefe »gefangennahm«.

Wenige Tage später formuliert er den ersten Entwurf für den Roman: *Der Gerichtshof im Hotel ist auf dem Weg zur Weltliteratur*[1]. Es ist interessant, dass er im Manuskript häufig die Kurzform **F. B.** statt **Fräulein Bürstner** verwendet: die **Initialien** von **Felice Bauer**. Eine **Anspielung auf Kafka** liegt in der Abkürzung des Familiennamens **(K.)** der Hauptfigur vor. Deren Name **(Josef)** ist wohl ebenfalls ein Versteckspiel mit dem des Dichters **(Franz)**, ist doch der Roman gegen Ende der Monarchie entstanden, als Kaiser **Franz Josef** schon über 60 Jahre regiert hatte. Ein Bewohner Österreichs brauchte damals nur einen der beiden sehr verbreiteten Namen zu hören, um sofort an den anderen erinnert zu werden. Beachten Sie jedoch dabei unbedingt, wie Kafka im Roman sowohl den **Anlass der Entstehung** als auch seine eigene Situation **transformiert**: Josef K. interessiert sich zwar mehr für Fräulein Bürstner, als er zugibt (s. unten S. 52f.), doch er kennt sie kaum, obwohl sie in derselben Pension wohnt.

Josef K. ist nicht Kafka. Die Umstände der Entstehung dürfen nicht zu einer rein biografischen Interpretation verleiten; eine solche würde der **Vielschichtigkeit des Romans** nicht gerecht werden. Gerade weil Kafka seine Situation in Form eines Traumes entstellt und verfremdet bzw. ausgeweitet hat, gehen dessen Wert und Bedeutung über die unmittelbare Krise des Dichters hinaus. Zwar wollte Kafka mit dem **Schreiben** sein **eigenes Schuldgefühl** untersuchen und Klarheit über seine Lage erreichen; **Angst** und **Schuld** jedoch sind **Grunderfahrungen des Menschen**, in deren literarischer Darstellung sich auch derjenige Leser wiederfinden kann, dessen Probleme andere sind als die des Dichters, der sich zwanghaft im Koordinatenraum Sexualität, Einsamkeit, Bindungsangst und Schreiben bewegt und der sich schließlich für das Schreiben entscheidet.

1 Beicken 1995 (s. unten S. 61), S. 30.

Das Gesamtwerk

Franz Kafka hat fast nur Prosa geschrieben. Seine **Erzählungen** sind prägnante, äußerst dichte Texte und haben oft die Form von Parabeln. Erhalten ist auch ein umfangreicher **Briefwechsel** sowie **Tagebücher**. Die zu Kafkas Lebzeiten erschienenen Werke wurden äußerst positiv aufgenommen, waren aber nur einem kleinen Kreis von Kennern und Schriftstellerkollegen bekannt. In Deutschland konnten seine Werke erst nach dem Zweiten Weltkrieg ein breiteres Publikum erreichen. Der **Weltruhm des Dichters** setzte über den Umweg von Amerika und Frankreich ein.

Die **Romane** (»Der Verschollene«, »Der Proceß«, »Das Schloß«) wurden von seinem Freund **Max Brod** erst nach Kafkas Tod herausgegeben und zwar gegen Kafkas Testamentsverfügung, wonach alle Manuskripte zu vernichten seien. Brod missachtete diesen Auftrag, weil er vom hohen literarischen Wert des Nachlasses überzeugt war. Er wies auch darauf hin, dass er Kafka schon zu Lebzeiten angekündigt hatte, er werde ein derartiges Testament nicht ausführen.

Kafkas **Stil** ist **realistisch**, doch das Dargestellte ist oft von der erschreckenden **Sprunghaftigkeit** und **Absurdität eines Albtraums**. In seinen Werken passieren die unerhörtesten Dinge: K. öffnet irgendeine Tür an seiner Arbeitsstelle und wird Zeuge eines sadistischen Bestrafungsrituals. Auf gespenstische Weise tauchen Figuren auf, spalten sich und verschwinden wieder. In der Erzählung »Die Verwandlung« erwacht die Hauptfigur und sieht sich in ein riesiges Ungeziefer verwandelt (vgl. »mentor Lektüre Durchblick«, Bd. 325). Doch werden all diese unglaublichen Vorgänge wie etwas vollkommen Selbstverständliches geschildert. **Kafka** wurde immer wieder als **Vorläufer des Surrealismus** gesehen. In dieser Richtung der Malerei (Max Ernst, Salvador Dalí) und der Literatur (Louis Aragon, André Breton) werden **fantastische und traumhafte Vorgänge** und Erlebnisse mit äußerster **Präzision und Wirklichkeitsnähe** dargestellt.

■ **»In der Strafkolonie«** (entstanden 1914, erschienen 1919)
Wegen eines lächerlichen Vergehens soll ein Soldat von seinem Vorgesetzten mit einem technisch ausgefeilten Apparat zu Tode gefoltert werden, wobei ihm der Wortlaut des Urteils buchstäblich in den Körper »eingeschärft« wird. Diese grauenhafte Erzählung war wohl als Kapitel des »Proceß« konzipiert worden.

■ **»Vor dem Gesetz«** (entstanden Ende 1914, erschienen 1915/1920)
Diese berühmte Erzählung, Kernstück des »Proceß«, wurde schon zuvor separat veröffentlicht. Die große Wertschätzung Kafkas für das Werk geht aus einer Tagebuchnotiz am 13. Dezember 1914 hervor, in der er im Zusammenhang mit dieser »Legende« von einem *Zufriedenheits- und Glücksgefühl* spricht.

■ **»Der Proceß«** (erschienen 1925)
Kafka arbeitete mit Unterbrechungen ab Ende Juli 1914 an dem Roman, der seine Weltgeltung begründen sollte. Anfang 1915 gibt er die Arbeit auf (siehe Tagebuch, 6. Januar 1914).

■ **»Brief an den Vater«** (entstanden 1919; erschienen 1952)
Der 103 Seiten lange Brief des 36-Jährigen an den als übermächtig empfundenen Vater wurde diesem nie übersandt. Wie in der schon 1913 veröffentlichten Erzählung »Das Urteil« handelt es sich um die Darstellung des Vater-Sohn-Konflikts in übersteigerter und literarisch überhöhter Form.

■ **»Das Schloß«** (entstanden 1922; erschienen 1926)
Ähnlich wie es Josef K. im »Proceß« nicht gelingt, zum »Gericht« vorzudringen, scheitert die nur mit der Abkürzung K. benannte Hauptfigur mit ihrem Wunsch, von der Schloss-Behörde als Landvermesser angestellt zu werden. Der Roman ist unvollendet geblieben, doch sollte K. kurz vor seinem Tod vom »Schloss« die Mitteilung erhalten, dass zwar kein Rechtsanspruch auf eine Anstellung bestehe, dass man ihm aber unter Berücksichtigung *gewisser Nebenumstände* gestatte, hier zu leben und zu arbeiten.

Der Aufbau des Textes

Teil I: Das »Gericht« greift ein – »Verhaftung«

Dauer der Romanhandlung: genau 1 Jah[r]

Kapitelfolge	Zeitstruktur	Tageszeit/Licht	zeichenhafte Verkettung
Verhaftung	Frühjahr – K.s 30. Geburtstag	sehr früher Morgen Nachmittag: K. im Büro (nicht dargestellt)	**»Verhaftung«** zu Hause Ankleiden 1. Tag: »Prozess« im Kleinen
Gespräch mit Frau Grubach **Dann Fräulein Bürstner**	selber Tag	Abend Mitternacht **Mondlicht**	Zeichen der **Häuslichkeit** (Tisch, Bett, Frauen-»Zimmer«), aber auch des **Gerichts**: F. B.s Nachttisch als »Verhandlungstisch«
Erste Untersuchung	nächster Sonntag	Vormittag trübes Licht	**Zwielicht,** Nebel, schlechte Luft, endlose Zimmerfluchten typisch für: das nicht fassbare **»Gericht«**
Im leeren Sitzungssaal **Der Student** **Die Kanzleien**	folgender Sonntag	Vormittag trübes Licht	
Der Prügler	an einem der nächsten Abende	(draußen) **Mondschein** **Kerzenlicht** (innen)	Mondlicht + Kerzenlicht ist Chiffre (Zeichen) für: Qual, Pein, Folter

Teil	Kapitel		Zeit	Tageszeit / Licht	Deutung
Teil II: Das »Gericht« verbirgt sich	**Der Onkel**		[in den folgenden Tagen/ Wochen]	Nachmittag	
	Leni			Abend **Mondschein Kerzenlicht**	Huld + Leni + Block leben in Symbiose; gemeinsames »Licht«: Zeichen ihrer Beziehung
	Advokat		Winter* (F118; R102) Herbst* (F140; R122)	Vormittag trübes Licht (Schneefall)	auf einem Bild des Malers: **Göttin der Gerechtigkeit** wirkt wie **Göttin der Jagd** und **des Sieges**
	Fabrikant				
	Maler				
	Kaufmann Block		*halbes Jahr* nach K.s Verhaftung	Abend **Mondschein Kerzenlicht**	Leni findet alle Angeklagten anziehend; Block ist der *Hund des Advokaten* (F205; R 178)
	Kündigung des Advokaten				
Teil III: Hinrichtung	**Im Dom**	**Text im Text »Vor dem Gesetz«**	Herbst*	regnerischer Vormittag: dramatische Verdüsterung	Finsternis: Zeichen für K.s Lage
	(fehlende Kapitel ?)*				K. stirbt *wie ein Hund*
	Ende		Frühjahr – Tag **vor** K.s 31. Geburtstag	Abend **Mondlicht**	Entkleidung
					Hinrichtung im Freien

…as bedeutet: K. erlebt seinen 31. Geburtstag nicht

*Roman ist Fragment; deshalb blieben einige kleine Ungenauigkeiten in der Zeitstruktur (Jahreszeiten) bestehen.

© mentor

Die Erzählstruktur

Monoperspektivisches Erzählen

In der Regel unterscheidet man drei Möglichkeiten des Erzählens:

- die auktoriale Erzählhaltung,
- die Ich-Erzählung,
- das personale Erzählen.

Bei der **auktorialen Erzählhaltung** kommentiert ein allwissender Erzähler das Vorgefallene, er weist auf noch zu Berichtendes hin bzw. nimmt es vorweg. Er kennt alle Zusammenhänge innerhalb des Romans und weiß mehr als irgendeine der Figuren. Oft bezeichnet sich dieser Erzähler mit einem auktorialen »wir«. Ein berühmtes Beispiel ist der erste Satz in Goethes »Wahlverwandtschaften«: *Eduard – so nennen* ***wir*** [Hervorhebung v. Verf.] *einen Baron im besten Mannesalter.*[1]

Nichts von dieser schier unglaublich wirkenden Allwissenheit des auktorialen Erzählers finden wir in Kafkas Roman. Er verwendet das **personale Erzählen**, bei dem zwar in der dritten Person erzählt wird, aber ausschließlich aus der **Sicht einer einzigen Person**. Beim »Proceß« handelt es sich um eine besonders ausgeprägte Form dieser Erzählweise, denn der **Erzähler fällt** praktisch **mit der Hauptfigur zusammen**. Statt die Handlung des Romans zu kommentieren und von den Gedanken aller Figuren zu berichten, teilt uns der Erzähler **nur die Gedanken und Vermutungen des Josef K.** mit, von seinen Gefühlen sind es vor allem seine unbestimmten Ängste. Man nennt dieses Vorgehen **einsinniges** oder **monoperspektivisches Erzählen**. Wir erfahren in Kafkas Roman nicht mehr, als uns die **Hauptperson**

1 Beispiele für diese Erzählweise finden Sie auch in Thomas Manns »Zauberberg« oder in Robert Musils »Mann ohne Eigenschaften«. Das freie, einem Marionettenspieler gleiche Verfügen des Autors über seine Figuren kann so weit gehen wie in Heimito von Doderers Roman »Die Wasserfälle von Slunj«, in dem der ironisch vorgehende Autor zwei recht dümmliche Frauen von zweifelhaftem Ruf im wörtlichen Sinn – mit einem Tritt in den Hintern – aus dem Roman hinauswirft: »Hinaus mit euch!«

preisgibt. Diese ist deshalb auch **durchgehend anwesend**, nichts wird in ihrer Abwesenheit erzählt.

> *Kafka lässt dem Erzähler keinen Raum neben oder über den Gestalten, keinen Abstand von dem Vorgang. Es gibt darum bei ihm keine Reflexion über die Gestalten und über deren Handlungen [...]. Daher beim Leser das Gefühl der Unausweichlichkeit, der magischen Fesselung an das alles ausfüllende, scheinbar absurde Geschehen, daher die [...] Wirkung des Beklemmenden. [... Kafka] tritt keinen Augenblick aus dem auf das Innerseelische der Hauptgestalt gerichteten [...] Zusammenhang heraus und entlässt auch den Leser nicht daraus, lässt ihn nicht los.*[1]

Der Leser wird also **gezwungen, K.s Verwirrung mitzuerleben**, seine hilflosen Erklärungsversuche des Geschehens wie auch seine Täuschungen, ohne dass er je mehr über das rätselhafte »Gericht« erfährt als K. selbst. Berühmt in diesem Zusammenhang ist der Einleitungssatz des Romans, an dem das hier Gemeinte besonders deutlich wird. Beachten Sie dabei das eine Vermutung ausdrückende *mußte* wie auch das konjunktivische *hätte* und dass wir auf diese **Vermutung K.s** für den Grund seiner ominösen »Verhaftung« angewiesen sind. Wir wissen nicht mehr als dieser, **wir erfahren nichts über objektive Gründe der Verhaftung**. *Jemand mußte Josef K. verleumdet haben, denn ohne daß er etwas Böses getan hätte, wurde er eines Morgens verhaftet* (F9; R7). Auch im Romanschluss wird uns **nur die Sicht K.s**, sein verzweifeltes Fragen (F241; R210), geboten.

Allerdings gibt es **einige Ausnahmen von dieser Erzählweise** (am Grundprinzip freilich kann dies nichts ändern). So werden etwa zu Beginn des Schlusskapitels Vorgänge erzählt – die Ankunft zweier Herren und das Höflichkeitsritual vor der Tür –, bei denen K. gar nicht anwesend ist.

1 Friedrich Beißner: Der Erzähler Franz Kafka und andere Vorträge. Frankfurt a. M. 1983, S. 42f.

Sie werden sich die Frage gestellt haben, warum ein Dichter überhaupt diese Erzählhaltung verwendet. Es darf nicht übersehen werden, dass sie mehr ist als ein willkürlich gewähltes Kunstmittel. Die Antwort nach der Funktion des monoperspektivischen Erzählens besteht wohl darin, dass ein so vorgehender Dichter die Überzeugung verloren hat, der moderne Mensch könne noch alle Zusammenhänge verstehen, die über ihn bestimmen, bzw. er könne zu einer endgültigen Wahrheit vordringen. Kafka ist in dieser Hinsicht moderner als die Dichter, die (zumindest in ihren Romanen) vorgeben, alles zu wissen. Das monoperspektivische Erzählen trägt zur Rätselhaftigkeit des Textes bei. Erst wenn der Leser erkennt, dass K.s Sicht begrenzt, unvollständig und teilweise falsch ist, wird eine Annäherung an die Aussage des Romans möglich.

Folgen des Erzählens aus einer einzigen Perspektive:

- Der Leser weiß nicht mehr als die Hauptfigur.
- Der Leser muss mit der Hauptfigur mitleben.
- Das Geschehen wirkt überaus beklemmend.[1]
- Da in diesem »reinen« Erzählen keine Kommentare oder Erklärungen abgegeben werden, ist eine eindeutige Interpretation erschwert.

Kafkas Werk als »paradoxe« Parabel

Eine **Parabel** ist eine **gleichnishafte Erzählung**, in der an einem **Einzelfall** eine **allgemeingültige Aussage** gemacht und meist daran eine Lehre, die »Moral«, geknüpft wird. Parabeln zeichnen sich durch große **Prägnanz** und **Verdichtung** aus: Das Geschehen beschränkt sich auf das Wesentliche, die wenigen Figuren tragen im Allgemeinen keine Namen, sondern werden nach ihrer Rolle bezeichnet.

1 In dieser »Sogwirkung« liegt wohl der Grund, dass bei empfindsamen Naturen vorhandene Ängste durch die Kafka-Lektüre noch verstärkt werden können, was dann oft zu einer Ablehnung seines Werkes führt.

Sie kennen **zahlreiche Parabeln**[1] aus **der Bibel**; ein Beispiel ist das »Gleichnis vom verlorenen Sohn« (Lukas 15,11-32). In dieser kurzen Familiengeschichte steht die Wiederaufnahme des Sohnes durch den Vater für die Wiederaufnahme eines reuigen Sünders durch einen verzeihenden Gott.

Die wohl **berühmteste Parabel der modernen Literatur** ist die Erzählung **»Vor dem Gesetz«** (F226f.; R197f.). Sie hat nun tatsächlich einige charakteristische **Merkmale der traditionellen Parabel:**

- **Reduktion** (Beschränkung auf das Wesentliche),
- **abstrakte Darstellung** (Zeitlosigkeit),
- **prägnanter Stil** (einprägsam, leicht zu merken).

Neben diesen drei Eigenschaften haben **Kafkas Parabeln** (und der Roman als Ganzes ist in einem gewissen Sinn ebenfalls eine solche) auch einige von der traditionellen Form **abweichende Merkmale:**

- **ohne klar erkennbare Lehre,**
- **mehrdeutig,**
- **schwer verständlich.**

Ein Grund für die Verständnisschwierigkeiten bei Kafkas Werk liegt in der oben erklärten, der traditionellen Parabel widersprechenden Erzählweise. Während etwa in den lehrhaften Gleichnissen der Bibel mithilfe der einfachen Struktur eine eindeutige Aussage angestrebt wird, ist **bei Kafka** durch die Beschränkung auf die Sicht einer einzigen Figur **jede Allgemeingültigkeit verbaut**. Gerade diese **Mehrdeutigkeit** und die fehlende Moral widersprechen allerdings dem Wesen der Parabel. **Kafkas Parabeln** wurden deshalb auch als **»paradoxe« Parabeln** bezeichnet.

Hintergrund

1 Auch Brechts Lehrstücke sind Parabeln. So wird etwa in der »Mutter Courage« am Modell des Dreißigjährigen Kriegs gezeigt, dass jeder Krieg ein Geschäft ist, in dem die Kleinen draufzahlen.

Die sprachliche Form

Sprachliche Merkmale

■ **für Kafka typische Schreibgewohnheiten**

Die verwendeten Ausgaben basieren auf der Handschrift des Dichters. In manchen Fällen wurde allerdings vom Herausgeber normalisiert: So steht etwa in Kafkas Manuskript »Process«, nicht *Proceß*!

■ **Merkmale des Prager Deutsch (»Pragismen«)**

– *trotzdem* im Sinne der Konjunktion »obwohl«[1]
– *bis* im Sinne der Konjunktion »wenn«
– vergessen *an* etwas; *paar* statt »ein paar« Dinge

■ **größte Präzision** auch in Details bis zur Pedanterie:
Exakte Beschreibung des Mordwerkzeugs; diese Genauigkeit trägt zum Unheimlichen bei.

■ **nüchterne Darstellung des Grauens**

Die Worte *ungeteilt* und *unveränderlich* für den Schmerzensschrei des Gepeinigten drücken das Furchtbare aus. K. gelingt es nicht, das Beobachtete zu verdrängen; in der Aussage *es schreit nur ein Hund* (F91; R79) wird an der Abweichung vom üblichen Sprachgebrauch[2] K.s Erschrecken deutlich!

■ **raffinierte, höchst dramatische »Lichtregie«** (Dunkelheit, Verfinsterung)
Das vorherrschende Licht ist **Zwielicht** (s. oben S. 24f.)
Die **äußerst gespenstische Lichtführung** erreicht ihren Höhepunkt im Domkapitel, dem die Beispiele entnommen sind.

1 Diese Verwendung ist auch in der nachlässigen österr. Umgangssprache üblich. Die Betonung liegt dann allerdings immer auf der 2. Silbe. Zahlreiche weitere Beispiele können Sie im Text des Romans finden.

2 Hunde »schreien« nicht! In K.s Versprecher wird klar, dass er einen Menschen meint, ihn aber als geprügelten Hund sieht.

Textbeispiele

→ *balanzieren, Bureau* (Plural: Bureaux), *Ceremonien, Chocolade, Cigarre, Civilrock, Cylinderhüte, Elbogen, empfieng, endgiltig, fieng, Gallerie, gieng, hieng, Jakettkleid, Kafeehaus, lüderlich, Metode, Princip, Schooß, Teater, Tronsessel, Wage*

→ *trotzdem sie mit seiner eigenen Meinung gewiß nicht übereinstimmte* (F234; R204)
Bis er die Suppe gegessen hat (F180; R156)
ich habe daran vergessen (F38; R32); *paar Worte* (F31; R27)

→ *ein langes dünnes beiderseitig geschärftes Fleischermesser* (F241; R210)
[Der Wächter] *trug ein anliegendes schwarzes Kleid, das ähnlich den Reiseanzügen mit verschiedenen Falten, Taschen, Schnallen, Knöpfen und einem Gürtel versehen war [. . .]* (F9; R7)

→ *Da erhob sich der Schrei [. . .], ungeteilt und unveränderlich, er schien nicht von einem Menschen, sondern von einem gemarterten Instrument zu stammen, der ganze Korridor tönte von ihm, das ganze Haus mußte es hören, [. . .]* (F91; R78)
[K. erschrak durch einen Zuruf des Aufsehers so sehr], *daß er mit den Zähnen ans Glas schlug* (F17; R14)

→ **draußen:** *graulichste[s] Wetter* (F220; R192); *das war kein trüber Tag mehr, das war schon tiefe Nacht* (F224; R195);
innen: *dunkel* (F216; R188), *Finsternis* (F216; R189) – nur sehr schwaches Blinken und Funkeln der *Kerzenlichter* (F216; R188), der Orgel und einer Statue – K. hat eine *Taschenlampe* (F217; R189), *eine Lampe* (F219; R191) ist über der Kanzel – alle Lampen wie auch die *Kerzen* verlöschen – zunehmende *Finsternis* (F234; R204) und beklemmende Verdüsterung.
Josef K.: *»Ich kann mich aber im Dunkel allein nicht zurechtfinden«* (F234; R204).

Der Text in seiner Zeit

Franz Kafka schrieb einen Großteil des Romans in den ersten Monaten nach Ausbruch des Ersten Weltkriegs.

Josef K. protestiert bei seiner Verhaftung empört: Er lebe *doch in einem Rechtsstaat, überall herrschte Friede, alle Gesetze bestanden aufrecht* (F12; R9). In Europa war der Krieg ausgebrochen und ausgerechnet dort lässt der Autor die Hauptperson von Frieden und Rechtsstaatlichkeit reden. Die konkrete geschichtliche Situation wird in wohl kalkulierter Ironie an der Oberfläche ignoriert, doch in einer kurzen Anspielung wieder »eingeschmuggelt«: Die beiden Wächter im ersten Kapitel (Franz, Willem) tragen ähnliche Namen wie die Kaiser Wilhelm II. und Franz Joseph I., die sich zum großen Völkerkrieg miteinander verbündet hatten.

Der Roman wurde eine Zeit lang nur als **Satire auf den Behördenapparat der Österreichisch-Ungarischen Monarchie** gesehen.

Doch Franz Kafka wollte den Roman als **Auseinandersetzung mit den Problemen des modernen Zeitalters** schreiben, in dem Telefone, Schreibmaschinen und Automobile schon »selbstverständliche« Errungenschaften der modernen Zivilisation geworden sind. Diese **damals noch relativ neuen technischen Erfindungen** werden in jedem Kapitel immer wieder erwähnt, was beim Erscheinen des Romans dem Leser tatsächlich als ungewöhnlich auffallen musste. Heute hingegen registrieren wir diese Erwähnungen erst durch den Hinweis, wie modern der Roman damals war und es noch immer ist.

Kafkas »**Gerichtswelt**« ist **allumfassend**, sie unterscheidet sich grundlegend von dem, was wir sonst unter »Gericht« verstehen: Legislative (Gesetzgebung), Judikative (Rechtsprechung) und Exekutive (Polizei, Ausführung der Gesetze) sind nicht unterscheidbar; dargestellt wird eine totale **Überwachungsgesellschaft**. Auch der Rechtsanwalt erscheint eher als ein selbst vom Gericht Geknechteter (und nicht als

Verteidiger des Angeklagten). K.s Irrtum besteht auch darin, dass er an eine »Rechtsstaatlichkeit« glaubt, als diese in Auflösung begriffen ist. Kafka stellt eine Gesellschaft dar, in der das »Gericht« auf alle Lebensbereiche übergreift.

Wegen der eigentümlichen Züge in Stil und Inhalt ist eine **literaturgeschichtliche Einordnung Kafkas nicht möglich**. Er veröffentlichte seine Erzählungen in Verlagen, die auch die Werke von Expressionisten herausbrachten, und er war auch mit den Prager Vertretern dieser damals modernsten literarischen Strömung (Max Brod, Franz Werfel, Felix Weltsch) befreundet. Es bestehen auch **Gemeinsamkeiten mit dem Expressionismus**, was die Thematik betrifft:

- **Leben in der modernen Gesellschaft,**
- **Vater-Sohn-Konflikt.** Im »Proceß« erscheint diese Auseinandersetzung als K.s Konflikt mit Ersatzvätern (Onkel, Vorgesetzte, Richter).

Wesentliche **Unterschiede gegenüber dem Expressionismus** sind jedoch nicht zu übersehen:

- **Auflehnung** gegen die Autorität bleibt bei Kafka **in der Schwebe**;
- **tagespolitisches Engagement** (für die Expressionisten typisch) **lag Kafka fern**;
- **klare, nüchterne Sprache** Kafkas gegenüber dem erhitzten Stil und der Auflösung der Form bei den Expressionisten.

In diesem Zusammenhang sind **Kafkas Lesevorlieben** aufschlussreich: Er schätzte die großen **Realisten** des 19. Jahrhunderts, vor allem Kleist, Dickens, Dostojewski, Flaubert. Aus dieser Lektüre gewann er die Vorbilder für seine wirklichkeitsnahe Darstellungsweise.

In religiöser Hinsicht war Kafka **Skeptiker**. Doch in einer Protesthaltung gegenüber der oberflächlich gewordenen Religionsausübung seines Elternhauses (in dem Religion nur mehr an Feiertagen eine Rolle spielte, aber nicht mehr wirklich gelebt wurde), begann er sich für den **Chassidismus** (die Frömmigkeit der Ostjuden) und für die **Kabbala** (die jüdische Geheimlehre) zu interessieren.

Wort- und Sacherklärungen

Abgesehen von einigen wenigen veralteten Ausdrücken sowie typisch österreichischen Wörtern **(Austriazismen)** bzw. Eigenheiten des Prager Deutsch **(Pragismen)** bietet der Wortschatz des Romans kaum Verständnisschwierigkeiten.

Sessel **(F11; R9)**	österr. im Sinne von: Stuhl
Depot **(F11; R9)**	Aufbewahrungsort in einem Amt
Unterschleife **(F11; R9)**	österr. Amtssprache: unsaubere Methoden; hier: Diebstähle
Dienstmänner **(F12; R10)**	Männer für Trägerdienste
Rock **(F17; R14)**	Herren-Jacke, Sakko
die hohe Schule reiten **(F21; R18)**	Form der Pferdedressur; hier ironisch: »etwas Besonderes bieten«
Pölster **(F30; R26)**	Plural zu Polster; Kissen
Ottomane **(F33; R28)**	niedriges Liegesofa
Kanzleikraft **(F35; R30)**	Büro-Angestellte(r)
Aftermiete **(F46; R40)**	Untermiete
lüderlich **(F51; R44)**	liederlich
demoralisiertes Gesindel **(F53; R46)**	hier: ohne Moral
Expedition **(F87; R75)**	Versandabteilung einer Firma
Drucksorte **(F87; R75)**	Formular, Vordruck
Fauteuil **(F95; R82)**	Sessel, Armstuhl
Vorzimmer **(F104; R90)**	hier: Vorraum, Diele
[der] Bartstrahn **(F107; R92)**	die Bartsträhne
Petent **(F119; R103)**	Bittsteller
Kommis **(F137; R119)**	Gehilfe
Achsel **(F160; R139)**	hier: Schulter
der Akt **(F167; R145)**	die Akte
tartarische[r] Bart **(F226; R199)**	Schrecken einjagender Bart nach Art der Ta(r)taren
Zwicker **(F265; R233)**	bügellose Brille

Hintergrund

Interpretation

Textanalyse

Es gibt keine endgültige Deutung dieses Romans. »Der Proceß« ist ein äußerst vielschichtiges und vieldeutiges Werk. Gerade auch die verschiedenen Interpretationsmöglichkeiten machen seine Faszination und seinen literarischen Wert aus.

Im Folgenden lernen Sie **die wichtigsten Deutungsansätze** zu Kafkas Roman kennen und erhalten die Möglichkeit, ihre **relative Berechtigung** wie auch ihre **Gefahren** und **Grenzen** abzuschätzen. Abschließend werden neuere, textbezogene Zugänge kurz vorgestellt. Es soll abermals darauf hingewiesen werden, dass die zahlreichen Deutungen – die **Deutungsflut** ist gerade bei Kafka enorm – Sie nicht abhalten sollen, **Ihre eigene Sicht des Romans** zu entwickeln.

Kafka ist – wie bereits ausgeführt (s. oben S. 26f.) – ein **reiner Erzähler**, er gibt uns in seinen Werken **nicht den geringsten Hinweis zur Interpretation**. Dort wo eine Exegese (= Deutung) vorgeführt wird, wie im Anhang zur Türhüter-Parabel (F227ff.; R198ff.), wirkt sie wie eine Parodie auf die Gelehrsamkeit verschiedener Schriftkundiger (Theologen, Philosophen, Juristen, Literaturwissenschaftler), als eine auf die Spitze getriebene Rabulistik (Wortklauberei), ist aber auf den ersten Blick keine Hilfe für den Leser.

Dennoch ist **der gesamte Text von einem sichtlich aufeinander bezogenen, äußerst dichten Zeichengefüge** (hell/dunkel, Zwielicht, oben/unten, Schrift, Tür/Fenster, Blick, schwarze Kleidung) und von rätselhaften Motiven (»Verhaftung«, »Gericht«, »Prozess«) **durchwoben**, die eine Deutung geradezu herausfordern.

1. Religiöse Deutungen

Schuld, Sühne, Strafe, Opfer – diese Begriffe wurden von Kafka aus der **Sphäre der Religiösen** entlehnt. Es hat immer wieder Versuche gegeben, sein Werk aus jüdischer oder christlicher Sicht zu deuten.

In Form und Motiven sind die Einflüsse unübersehbar: Nach der **Kabbala**, der jüdischen Geheimlehre, gibt es **himmlische Gerichte, die ständig im Geheimen tagen** und vom Einzelnen ganz unerwartet Rechenschaft fordern: durch einen Albtraum, durch eine Erkrankung, durch den Tod. Dass K. gleich nach der Verhaftung *einen schönen Apfel* (R16; R13) isst, ist eine Anspielung auf den Sündenfall. Die Gelehrsamkeit des Gefängniskaplans gleicht der Spitzfindigkeit der christlichen und jüdischen Theologie. Vor der Hinrichtung erhebt K. die Hände in der Gebetshaltung Moses. In der Form ähneln Kafkas Erzählungen den Parabeln des Alten und Neuen Testaments.

Alle diese Einflüsse sind zweifellos gegeben, doch religiöse Interpreten gingen weiter. Sie leiteten aus den religiösen Elementen und Anspielungen eine **religiöse Botschaft** ab: Josef K. müsse nur seine Schuld eingestehen, dann könne er (im religiösen Sinn) erlöst werden. Stattdessen hält er im ganzen Roman beharrlich an seiner Unschuld fest, ja möchte sogar die gesamte Menschheit von jeglicher Schuld freisprechen (weist also indirekt das Konzept der Erbsünde zurück): *Wie kann denn ein Mensch überhaupt schuldig sein. Wir sind hier doch alle Menschen, einer wie der andere* (F223; R194). Gerade in dieser Verstocktheit liege aber seine Schuld.

Für einige Interpreten steht das **Gericht** für die **göttliche Gerechtigkeit** (ähnlich symbolisiere das »**Schloss**« im gleichnamigen Roman Gottes **Gnade**).

Diese Auffassung ist jedoch nicht haltbar. Die Vertreter des Gerichts sind korrupt, einer mehr als der andere. Der Name des Winkeladvokaten »Huld« ist als ein sprechender Name zu sehen, mit dem der christliche Gnadenbegriff ironisiert wird. Wenn Gericht und Schloss wirklich für Gottes Gerechtigkeit bzw. Gnade stünden, könnten weite Teile der Romane nur als blasphemisch bezeichnet werden. Gotteslästerung aber lag dem Autor fern, er sprach trotz des verlorenen Kinderglaubens mit großem Ernst über Religiöses!

Auch die Auffassung Kafkas als die eines **religiösen Humoristen** (Thomas Mann) lässt sich nicht aufrechterhalten.

Mehr für sich haben Deutungen, die davon ausgehen, dass Kafka in seinen Romanen **gnostische Ideen**[1] wiedergibt, nach der sich zwischen die Seele des Menschen und Gott **zahlreiche Zwischeninstanzen** – Dämonen, Vertreter des Teufels oder eines bösen Gottes, also eine zutiefst sündhafte Welt – schieben, die dem Menschen einen direkten **Kontakt mit dem Gott der Liebe unmöglich** machen. Dies würde die **Korruptheit der niederen Beamten** und Gerichtsangehörigen erklären. Über das oberste »Gericht« wird ja direkt nichts gesagt. In der Türhüter-Parabel heißt es aber: *Wohl aber erkennt er jetzt im Dunkel einen Glanz, der unverlöschlich aus der Türe des Gesetzes bricht* (F227; R198).

Vielleicht sollte man es auch mit dem Gegenteil einer religiösen Interpretation probieren: Nach der **nihilistischen**[2] **Deutung** ist Kafka der **Dichter der Ratlosigkeit**, des verzweifelten Fragens ohne Antwort. Diese Auffassung kann sich auf das häufige **Im-Kreis-Gehen K.s**, auf die Schilderung von labyrinthischen Zimmerfluchten, auf den durch *Nebel* (F151; R132) oder durch eine Mauer (F96; R83 und F148; R128) verstellten Blick aus dem Fenster wie auch auf **K.s Herumtappen im Dunkeln** berufen. In der Person des Josef K. werde demnach das unvermeidliche Scheitern eines Menschen ge-

1 Nach Meinung der Gnosis, einer einflussreichen religiösen Strömung des Altertums, gibt es einen guten Gott des Lichts (den Schöpfer der menschlichen Seele) und einen bösen Gott, der die dämonische Materie erschaffen hat.

2 Der Nihilismus (von lat. nihil = nichts) leugnet eine jenseitige Welt.

zeigt, der das Jenseits ergründen will. Letztlich wäre **Josef K.** wegen seines illusionären Wunsches in einer Zeit, in der weitgehend »Gott ist tot« (Friedrich Nietzsche) gilt, **eine tragikomische Figur** (nicht unähnlich einem Don Quijote, der noch an die Ideale des Rittertums glaubt, als diese schon zersetzt sind).

Auch diese Interpretation geht jedoch – wie ihr Gegenteil: die religiösen Deutungen – primär von einer weltanschaulichen Prämisse (Vorentscheidung) des Interpreten aus. Der **Roman** jedoch ist **kein theologischer Traktat**, auch kein atheistischer. Kafka zeigt wohl, wie ein Mensch in einer gottfernen Zeit lebt – bezeichnenderweise sind der Platz vor dem Dom und dessen Inneres menschenleer (vgl. F215; R188) –, doch beschäftigt ihn im Roman nicht die Frage nach der Existenz Gottes. Man hat immer wieder darauf hingewiesen, dass Kafka **Skeptiker** (Zweifler) war bzw. meinte, es sei heute nicht mehr möglich, konkrete Aussagen über Gott und das Jenseits zu machen. Nur in kurzen Augenblicken noch könne sich dem Menschen das Mystische zeigen, wie der erwähnte *Glanz*. Doch im Roman findet sich auch die dem entgegenstehende Erwähnung eines leer gewordenen Glanzes: *Einmal blinkte gerade vor ihm* [= Josef K.] *das silberne Standbild eines Heiligen nur mit dem Schein des Silbers und spielte gleich wieder ins Dunkel über* (F234; R204).

Was Kafka also darstellt, wäre **Religiösität ohne Religion**, wobei Schuldgefühle und religiöse Rituale von den Figuren beibehalten werden. (Dies gilt auch für die Persönlichkeit des Dichters: Trotz des verlorenen Glaubens gestaltete Kafka sein Leben weiterhin mit pedantischen Ritualen.)

Vielleicht ist es aber richtig, dass Kafka in einer Weise über Gott und das Jenseits spricht, wie sie heute vielen Menschen allein möglich scheint. Wir können nur noch sagen, was Gott nicht ist. Doch bedeutet diese **skeptische Intepretation** nicht, dass Kafkas Romane einem religiösen Menschen nichts bedeuten können. Es scheint im Gegenteil eher so zu sein, dass religiöse Menschen sich von ihnen angezogen fühlen.

Kafkas **Verwendung von religiösen Motiven, Symbolen und Anpielungen** (die überaus zahlreich vorhanden sind!) ist **nicht mit einer definitiven theologischen Aussage verbunden**. Am ehesten lassen sich **skeptische** und **gnostische Deutungen** akzeptieren. Sie finden ihre Grundlage in der Widersprüchlichkeit des Textes, aber auch in der Weltanschauung des Dichters, wie sie sich in den Tagebüchern zeigt.

2. Politisch-soziologische Deutungen

2.1 Anklage gegen Diktaturen

Kafka als »**prophetischer Realist**« hat schon 1914 zur Entstehungszeit des Romans mit größter Sensibilität **die kommenden Diktaturen vorhergesehen:** den faschistischen oder kommunistischen Terror, unter dem oft niemand wusste, was von ihm gefordert wurde und warum es gefordert wurde, die Nichtbeachtung aber dennoch den Kopf kosten konnte. Kafka hat in seinen Werken schon **die Stimmung** wiedergegeben, **die nach Hitlers Machtübernahme in Europa herrschte**. Josef K. meint in seinem Plädoyer, sein Fall sei kein besonderer, sondern sei *Zeichen eines Verfahrens wie es gegen viele geübt wird* (F52; R45). Die genaue Beschreibung der schwarzen Kleidung der Wächter, *die mit verschiedenen Falten, Taschen, Schnallen, Knöpfen und einem Gürtel* versehen (F9; R7) ist, erschien den Emigranten und vom Naziregime Verfolgten wie eine Vorwegnahme der SS-Uniform. *Ich bin zum Prügeln angestellt, also prügle ich* (F90; R78), sagt der Prügler. Die Antwort ist *identisch mit jenen Antworten, die die Angestellten der deutschen Vernichtungslager im Verhör gegeben haben.*[1] Die Wächter rechneten sich schon aus, selbst zu Prüglern ernannt zu werden, sie sind ebenfalls seelenlose Figuren. Sie beharren

1 Günther Anders: Mensch ohne Welt. Schriften zu Kunst und Literatur, C. H. Beck, München ²1993, S. 79.

darauf, dass sie als *niedrige Angestellte* nur für die Bewachung bezahlt würden, sonst aber mit seiner Sache nichts zu tun hätten, und verweisen auf *die hohen Behörden* (F14; R11). Auch die beiden bleichen und fetten Herren im Schlusskapitel bleiben einsilbig. Wegen ihres Aussehens werden sie von K. zuerst für *Schauspieler* (F236; R206) gehalten. Auch sie sind so anonym wie die Exekutoren der Vernichtungslager.

» *Eine Figur wie Josef K. schien von denselben Ängsten heimgesucht und umhergetrieben zu werden wie die Millionen derer, die aus politischen oder rassischen Gründen vom Hitlerregime verfolgt wurden.*[1]

Es überrascht nicht, dass Kafka **in den kommunistischen Staaten** zur **Untergrundliteratur** gehörte. Die für Bewohner von Diktaturen typische Angst vor Bespitzelung zeigt sich im Roman immer wieder als Verfolgungsangst der Hauptfigur: Etwa als der misstrauisch gewordene K. im Lauf des Tages seine Untergebenen *öfters* in sein Büro zitiert, *zu keinem andern Zweck als um sie zu beobachten* (F26f.; R22f.). Schon in der Verhaftungsszene muss er sich gegen den Gedanken wehren, dass das *Lächeln* (F24; R20) eines Kollegen Absicht sei. Nach dem »Überfall« auf Fräulein Bürstner schreckt ihn ein *Geräusch* (F39; R34) im Nebenzimmer. K. hat Angst, dass sein Gespräch mit dem Onkel durch einen Diener belauscht wird (F98; R85), später scheint der Portier zu *horchen* (F100; R86). Weitere Beispiele für K.s Verfolgungsängste sind unschwer zu finden.

2.2 »Kafkaeske« Bürokratie

Doch auch in demokratischen Staaten bleibt **der aufgeblähte bürokratische Apparat** sehr häufig dem Bürger in seinem Sinn **undurchschaubar**, so sehr ihn jener auch kontrolliert und unterdrückt. Die unendliche Vervielfältigung der Türhüter (F226; R197), die Gewalthaber, die

1 Müller 1993: Erläuterungen und Dokumente (s. unten S. 62), S. 134.

als Richter in Dachböden hausen, sind eine **Satire auf die Verselbstständigung der Bürokratie**. Die Teilhabe an der Macht, die gerade den in der Hierarchie am tiefsten stehenden Beamten ihre unbeugsame Überzeugung von ihrer Wichtigkeit verleiht, ist allen, die je mit einem »Amt« und mit Behördenwillkür zu tun hatten, nur zu gut bekannt. Nicht ohne Grund konnte das nicht gerade schöne Wort **»kafkaesk«** zu einem Modewort werden, mit dem **das Labyrinthisch-Bedrohliche der modernen Bürokratie**, später auch im immer mehr verwässerten Sinn allgemein das Rätselhafte einer Situation bezeichnet wird.

Wie in einem Katz-und-Maus-Spiel quält eine Behörde den Bürger, stellt sich mächtiger dar, als sie ist, oder: ist noch mächtiger, als man ahnt. Kafka hat **Macht und Hierarchie mit größter Präzision dargestellt**. Beachten Sie, wie oft die Wörter »oben« und »unten« verwendet werden, wie alle, die mit dem Gericht zu tun haben, »gebeugt« werden: sie stehen *gebückt* (F47; R40), sie wirken wie *Straßenbettler* (F75; R64), sogar den Geistlichen scheint die Kanzel *niederzudrücken* (F224; R195).

Das **»Gericht«** ist die **unsichtbare Instanz**, die den Menschen durch Zurückweichen erniedrigt, es hüllt sich in ein Geheimnis, das nicht zu ergründen ist. In K.s zähen Versuchen, zu ihm vorzudringen, erweist sich die Sinnlosigkeit seiner Mühen ebenso sehr wie die damit verbundene Demütigung.

Die **Unzufriedenheit** des Menschen in der modernen Lebenswelt, seine **Entfremdung** (an die wir uns schon gewöhnt haben), hat Kafka **durch Zuspitzung und Übertreibung wieder sichtbar** gemacht. Er stellt gar nicht so sehr eine einzelne gewalttätige Macht dar, sondern deren feinste Verästelungen, denen wir – oft kaum bemerkt – in unserem Alltag unterliegen. Beachten Sie in diesem Zusammenhang das im Roman immer wiederkehrende Motiv des direkten und heimlichen Anblickens! Bereits während der »Verhaftung« wird K. von einer Nachbarin neugierig beobachtet (F9; R7). Er lässt sich auf *ein Zwiegespräch der Blicke* (F14; R11) mit dem Wächter ein. Kafka selbst hat jedoch eine ausschließliche Lesart als Bürokratiekritik indirekt zurückgewiesen. Zwar lässt er die Hauptfigur sagen: *Die Lüge wird zur Weltordnung gemacht*, doch ist dies nicht einmal für Josef K. das letzte Wort, es folgt: *aber sein Endurteil war es nicht* (F233; R203).

Die Auffassung des Romans als **Kritik an der Bürokratie** und als Beschreibung der **Unterdrückung durch Diktaturen** hat viel für sich.

Doch wollte Kafka, der **»Experte der Macht«**, wohl auch zeigen, wie sehr wir alle **im Alltag** ständig den kaum durchschaubaren Formen der Macht ausgeliefert sind: Er untersucht vor allem die **»Mikrophysik« der Macht**.

Die Gefahr einer Deutung als Machtkritik besteht in ihrer Ausschließlichkeit. Sie läuft Gefahr, in einem rein verstandesmäßigen Zugang die Vielschichtigkeit des Romans aus den Augen zu verlieren.

Die Szene bei der »Ersten Untersuchung« ist wohl auch als Parodie auf Fraktionsbildungen im Parlament oder innerhalb einer Partei zu lesen, wobei sich am Schluss herausstellt, dass alle dasselbe Abzeichen tragen: *Alle gehörten zu einander, die scheinbaren Parteien rechts und links* (F58; R50), auch der Untersuchungsrichter trägt bei näherem Hinsehen dieses Abzeichen. Gerade an solchen Stellen[1] wird verständlich, dass der dogmatische Sozialismus des Ostblocks dem Dichter die politische Indifferenz, die fehlende »Parteilichkeit«, zum Vorwurf machte.

Man hat Kafka auch vorgehalten, dass er wegen der von der raffinierten Gestaltungsweise ausgehenden Faszination und wegen seiner Neutralität in der Frage, wer schuld ist (der Einzelne, Josef K., oder die Gesellschaft), letztlich bei einigen seiner Leser **die bestehenden Machtverhältnisse verfestige**.

1 Zu bedenken ist freilich, dass Josef K. hier als Redner in eigener Sache spricht und mit der Sympathie des kleinen Mannes im Publikum rechnet. Die soziale Einstellung des Dichters selbst ist auf Grund von Tagebucheintragungen ebenso unbestritten wie seine Skepsis in Hinsicht auf eine grundlegende Veränderungsmöglichkeit gesellschaftlicher Missstände.

2.3 Geschichte einer Ausgrenzung

Auch als die Geschichte einer Stigmatisierung kann der Roman gelesen werden. Durch die Verhaftung – von der immer mehr und mehr Leute erfahren (z. B. F96; R83, F141; R122) – wird **Josef K.** zunehmend unsicherer und wird schließlich trotz seiner Unauffälligkeit zum **Sündenbock einer verkehrten Welt**. Gezeigt werde nach dieser Meinung die Ausgrenzung eines Menschen und letztlich das vollkommene Scheitern seines Lebens. Im Schlussbild gehe es um eine **»soziale Hinrichtung«**, die von der Hauptfigur sogar noch teilweise willig akzeptiert werde. In dieser Deutung – die der Auffassung als Bürokratie- und Totalitarismuskritik keineswegs widerspricht – bestünden Ähnlichkeiten zu Max Frischs bekannter dramatischer Parabel »Andorra«.

Doch Kafka hat selbst in der Erzählung »Die Verwandlung« eine solche Ausgrenzung vorgeführt. Wie dort ein Mensch »anders« ist, sich plötzlich in ein Insekt verwandelt sieht und am Schluss von der Bediensteten als »Ungeziefer« beseitigt wird, gehe es auch im »Proceß« durch die ominöse Verhaftung um das Herausstoßen aus den gewohnten Bindungen, wobei die neuen Normen dem Betroffenen nicht klar sind. (Denken Sie hier an eine »verkleinerte« Situation aus Ihrer eigenen Erfahrung, etwa an die gewaltigen Probleme, die sich bei einem Schulwechsel ergeben können!)

Die Verhaftung steht demnach für die Situation eines durch einen Schicksalsschlag oder durch eine Erkrankung oder durch eine Verleumdung aus den gewohnten Bahnen Geworfenen, der sich in seiner neuen Rolle ständig rechtfertigen muss.

Durch sehr subtile Zwänge wird dann dieser **Mensch** immer mehr **in die Außenseiterrolle gedrängt**. K. sagt im Domkapitel: *Alle andern aber, die an dem Verfahren beteiligt sind haben ein Vorurteil gegen mich. Sie flößen es auch den Unbeteiligten ein. Meine Stellung wird immer schwieriger* (F223; R194).

3. Psychologische Deutungen

3.1 Leidet K. an unbewussten Schuldgefühlen?

Josef K. beteuert immer wieder seine Schuldlosigkeit. Für den aufmerksamen Leser zeigen sich jedoch in K.s **Fehlleistungen**[1] unbewusste Schuldgefühle und eine versteckte **Neigung zu Aggressivität, zu sexuellen Fantasien und zu einer Reinlichkeitsneurose**. So bleibt er sofort am von Frau Grubach benutzten Wort hängen: *[W]enn Sie die Pension rein erhalten wollen, müssen Sie zuerst mir kündigen* (F31; R27).

Die Tatsache, dass K. bei der »Ersten Untersuchung« sofort in die Offensive geht und sich aggressiv verteidigt, wird als Beweis für unbewusste Schuldgefühle gewertet. Wenn er sich wirklich unschuldig fühlte, würde er zuerst einmal abwarten, was man ihm konkret zur Last legt. Schon bei der Verhaftung deutet seine Unsicherheit auf unbewusste Schuld hin.

Die Hinrichtung gleicht in vielem einem Selbstopfer: K. bildet im Schlussbild mit seinen Henkern eine *Einheit* (F237; R207). Die erwähnte *Scham* und die gleichsam wie zum Gebet erhobenen *Hände* (F241; R211) sind als **Zeichen übermächtiger unbewusster Schuld** zu sehen.

An der Psychoanalyse orientierte Deuter sehen in den zahlreichen und geradezu unendlich sich ausdehnenden Autoritätsfiguren – ein Türhüter ist *mächtiger als der andere* (F226; R197) heißt es in der Parabel –, und in Josef K.s Angst vor ihnen einen Beweis für dessen »Ödipuskomplex«, also für die unbewusste, aus der Kindheit stammende und **verdrängte Angst vor dem übermächtigen Vater**. Dass der Vater im Roman gar nicht vorkommt, da er früh verstorben ist (F260; R228), wird als indirekter Beweis für die Gültigkeit dieses Ansatzes genommen. Der

1 Solche »Fehlleistungen« (vor allem Versprechen und Vergessen) wurden von Sigmund Freud in »Zur Psychopathologie des Alltagslebens« als vom Unbewussten gesteuert erklärt.

Vater tauche eben in Form von Ersatzfiguren – Onkel, Richter, Vorgesetzte – auf. Die **Straf-Visionen** und **Straf-Fantasien**, die in Kafkas Werk so häufig sind (eines seiner Werke trägt den Titel »In der Strafkolonie«), seien Ausfluss eines strengen Über-Ichs, der Einengung durch unbewusste Verbote und Gebote, auch das **»Gericht«** im Roman wird **als Über-Ich** gesehen. Nun ist gar kein Zweifel, dass im Leben und im Werk Kafkas der **Vater-Sohn-Konflikt** eine übermächtige Rolle spielt (»Das Urteil«, »Brief an den Vater«), doch versuchen psychoanalytisch orientierte Kritiker, das gesamte Werk Kafkas durch ihr vorgefertigtes Deutungsmuster zu jagen, wobei oft nicht zwischen dem Text und dem Autor unterschieden wird. Es wird dann eine einlinige Gleichsetzung der Hauptgestalt mit ihrem Schöpfer vorgenommen.

(Keineswegs braucht bestritten zu werden, dass Kafka an neurotischen Ängsten litt; doch diese allein können den Text nicht erklären. Um so Bedeutendes wie den »Proceß« zu schreiben, bedarf es mehr als einer Neurose.)

Die Gefahr bei psychoanalytischen Deutungen besteht darin, dass der **Text nach einem Verfahren gedeutet** wird, das in vielen Punkten sehr **dogmatische Züge** und ein aufgeblähtes Fachvokabular aufweist.

Plausibler erscheint hingegen die Meinung, dass Kafka zumindest einige **Behauptungen der Psychoanalyse parodiert** habe: In der Tatsache, dass das Gericht auf dem Dachboden tagt, scheint Kafka mit grimmiger Verspottung das Konzept des Über-Ich im wörtlichen Sinn als ein »Oben« vorzuführen, wobei die verkommene Sexualität der Gerichtsangehörigen sich von der Josef K.s nicht unterscheidet. (Sie brauchen nur die Inhaltsangabe nachzulesen.) Es ist ferner in einer sexuellen Szene die Frau, die dem Mann den *Hausschlüssel* (F116; R100), ein als Symbol des Männlichen geltendes Objekt, überreicht.

1 Das »Über-Ich« ist bei Neurotikern besonders mächtig. Das erklärt, warum die faschismuskritischen Passagen des Romans auch psychoanalytisch gedeutet werden können. Die Diktatur im politischen Bereich hat Ähnlichkeiten mit der »Diktatur« im Seelenleben: Beide regieren mit Terror.

3.2 K. als Gefangener widersprüchlicher Botschaften

Eine weitere psychologische Deutung, die in der neueren Literatur über Kafka an Bedeutung gewinnt, besteht in der Anwendung der **Theorie der Doppelbindung**. Darunter versteht man **das Nebeneinander von sich widersprechenden Mitteilungen oder Aufforderungen**.[1] Die Türhüter-Parabel enthält eine solche paradoxe Mitteilung: *Wenn es Dich so lockt, versuche es doch trotz meines Verbotes hineinzugehn* (F226; R197). Schon die Ausgangssituation des Romans kann als eine Art Doppelbindung gesehen werden: K. ist zwar »verhaftet«, soll aber angeblich weiterleben wie bisher. Der Aufseher teilt ihm mit, dass gleich drei von K.s Kollegen anwesend seien, um die Ankunft in der Bank *möglichst unauffällig zu machen* (F24; R20). Der Gefängniskaplan wirkt zwar freundlich, lässt ihn jedoch verwirrt mit verschiedenen Auslegungen der Parabel zurück. Auch K. selbst gibt Doppelbindungen von sich: Zwar dankt er verbal dem Fabrikanten für das Empfehlungsschreiben, doch denkt er dabei ängstlich an den Schaden, der dadurch entsteht, dass dieser und sein Bekannter vom Prozess wussten und die *Nachricht weiter verbreitete[n]* (F143; R124).

Doppelbindung ist für K.s gesamte Lebenssituation typisch:

» *Einerseits drängt es ihn, die Wahrheit über seine Lage zu erfahren, andererseits schreckt er unbewusst vor der Selbsterkenntnis zurück. Seine Verhaftung stellt K. vor die Aufgabe der Selbsterkenntnis und Selbstbefreiung, welcher er nicht gewachsen ist, weil sie nach Kafkas Ansicht die Kraft des Menschen übersteigt.*[2]

1 Ein Beispiel ist die Mutter, die zu ihrem Kind sagt: »Ich habe dich so gern«, ihm mit ihrer Mimik aber zu erkennen gibt, dass sie es ablehnt. Ähnlich geht es einem Mann, dessen Frau ihm vorwirft: »Du schenkst mir nie spontan Blumen!« Wenn der Mann den Wunsch der Frau erfüllt, handelt er jedoch nicht »spontan«. Doppelbindungen lassen sich in der menschlichen Kommunikation kaum je ganz vermeiden, doch führt ihr Überwiegen in der Erziehung zur Verunsicherung des Kindes oder gar zu seelischen Störungen (s. oben S. 18).

2 Robertson 1994 (s. unten S. 62), S. 177.

3.3 Durchschnittlichkeit Josef K.s als Schuld?

K. ist ein eher **farbloser Durchschnittsmensch**. Bei seinen Kollegen **nicht unbeliebt**, beruflich **erfolgreich** und **angepasst**, führt er zu Beginn des Romans seine Arbeit zur Zufriedenheit seiner Vorgesetzten aus. K. ist das, was in der Soziologie als **außengelenkter Mensch** bezeichnet wird. Er ist ängstlich, von der Meinung der anderen abhängig, wie auch sein Onkel, der ausschließlich an die *Schande* (F98; R85) für die Familie denkt, als er vom Prozess seines Neffen hört. Typisch für die **Anonymität der Figuren** ist, dass sie sich nur selten mit Vornamen ansprechen. Obwohl K. gesellige Veranstaltungen (Stammtisch) besucht, hat er **keine Freunde**. Im Schlussbild fragt sich K. nach dem *Freund* (F241; R210), den es sichtlich in seinem Leben nicht gab. Es ist bezeichnend, dass das einzige Kapitel, in dem eine (homoerotisch) gefärbte *Freundschaft* (F260; R228) vorkommt, Fragment geblieben ist. K. schämt sich offensichtlich, seine Cousine Erna in seinem Büro zu empfangen. Seit zwei Jahren hat er seine Mutter nicht gesehen (F260; R228), trotz des Versprechens, *jeden Geburtstag bei ihr zu verbringen* (F272; R240).

Als Junggeselle wohnt K. in einem Zimmer zur Untermiete. Die Frauen üben eine starke Macht auf ihn aus, doch ist er zu einer tieferen Bindung unfähig. **Liebe** gibt es **nur als »Beziehung«** in des Wortes ursprünglichen Bedeutungen: in der Erwartung von Begünstigungen durch die Welt des Gerichts (Leni) oder als rein körperliche Beziehung (Elsa). *[E]inmal in der Woche* geht K. nämlich *zu einem Mädchen namens Elsa*, die als Kellnerin arbeitet und nur tagsüber für Besuche Zeit hat, die sie *vom Bett aus* (F26; R22) empfängt. In dieser Feststellung sowie der Tatsache, dass Kafka das ursprünglich im Manuskript stehende Wort »Freundin« – das Nähe und personale Bindung bezeichnet – streicht und durch das Wort *Mädchen* ersetzt, wird das rein Sexuelle dieses Verhältnisses noch deutlicher. In einem Fragment dient ihm ein mit ihr vereinbarter Termin als willkommene Ausrede, nicht bei Gericht zu erscheinen (F261; R229). Die dargestellte Sexualität ist oft von animalischer Art: *wie ein durstiges Tier* (F39; R34) küsst Josef K. das Fräulein Bürstner.

Die Oberflächlichkeit seiner Kontakte hält ihn vom »Gerichthalten« über sich selbst, von der Selbsterkenntnis ab.

Der **»Prozess«** (bzw. das »Gericht«) wäre demnach als die **Instanz** zu sehen, **die ihn auffordert, mit seiner Durchschnittlichkeit und Oberflächlichkeit Schluss zu machen**, seinem Leben eine Wende zu geben, in sich zu gehen, umzukehren. Auch das ***Gesetz***, von dem in der Türhüter-Parabel die Rede ist (F226; R197), wurde dahingehend interpretiert, dass es für die **eigentliche Existenz** stehe. Wenn der Mann vom Lande in das Gesetz einträte, würde er »eigentlich existieren« und nicht einfach »dahinleben« [1]. Er müsse nur – unbeirrt von äußeren Hindernissen – den entscheidenden Sprung wagen, um die wahre Daseinsform zu erreichen.

Die abschließende Bemerkung des Türhüters – *Hier konnte niemand sonst Einlaß erhalten, denn dieser Eingang war nur für Dich bestimmt* (F227; R198) – wird von jedem **Interpretationsansatz** als Ausgangspunkt genommen, der in Kafka einen **Vorläufer des Existenzialismus** sieht, einer philosophischen Richtung, die die Einmaligkeit jedes Einzelnen betont.

Jeder Mensch habe seine und nur seine Tür, die ihm offenstehe, auch wenn er dies vielleicht gar nicht wisse. Der ominöse Verhaftungsbefehl wird als Auftrag gesehen, zur Selbstverwirklichung und zur Verantwortung zu gelangen. Der Geistliche sagt ihm demnach die Wahrheit: *Du mußt nicht zuviel auf Meinungen achten* (F230; R200f.), und vorher schon: *Du suchst zuviel fremde Hilfe* (F223; R195). Kurz vor der Hinrichtung regt sich bei K. so etwas wie Einsicht: *Ich wollte immer mit zwanzig Händen in die Welt hineinfahren und überdies zu einem nicht zu billigenden Zweck* (F238; R208).

1 Diese beiden Begriffe gehen auf den dänischen Theologen Søren Aabye Kierkegaard (1813–1855) zurück.

Trotz sogenannter **existenzieller Themen** im Roman (Selbstfindung, »eigentliches Existieren«) dürfen wir nicht vergessen: **Kafka ist Dichter**. Er hat nicht die schwierige Fachsprache, den Jargon, verwendet wie diejenigen Interpreten, die ihn mit dem Vokabular des Existenzialismus interpretieren. Kafka gibt uns auch **kein Patentrezept zur Selbstverwirklichung**. Klar scheint nur zu sein, dass Josef K. ein verfehltes Leben geführt hat.

4. Fazit

4.1 So viele Meinungen?

Darüber gehn die Meinungen auseinander (F232; R202), andererseits aber: *Die Schrift ist unveränderlich* (F230; R201). Es gilt heute als unbestritten, dass **verschiedene Deutungsmöglichkeiten** eines Werks seine Größe ausmachen. Die immense **Pluralität der Meinungen** zu Kafkas Roman ist nun allerdings ein besonderer Fall. Sie beruht jedoch nicht auf der »Dummheit« der Interpreten. Einige Deutungen ergänzen sich, einige schließen einander allerdings aus; im Text heißt es in differenzierter Paradoxie: *Richtiges Auffassen einer Sache und Mißverstehn der gleichen Sache schließen einander nicht vollständig aus* (F229, R200). Die sich widersprechenden Meinungen über die unveränderliche *Schrift* seien *oft nur ein Ausdruck der Verzweiflung darüber* (F230; R201). Fast scheint es, als habe der Autor hier die Schwierigkeiten der Kafka-Forschung vorausgesehen.

Ein Dichter kann uns etwas mitteilen, was uns die analytisch (zergliedernd) vorgehenden Wissenschaften der Psychologie und Soziologie oder die oft sehr abstrakte Philosophie nicht bieten können. Fertige Antworten sind es jedoch gerade bei Kafka nicht.

Die **zentrale Frage der Schuld** wird meist durch vorgefasste Meinungen verstellt: Gesellschaftskritische Deutungen sehen sie aufseiten des Gerichts (die vorhandenen Schuldgefühle seien zwar verständlich, aber eben nur als Folge einer ständigen Indoktrination und Kontrolle). Psychoanalytische, existenzialistische und religiöse Interpretationen auf der anderen Seite sind sich darin einig, dass die Schuld in irgendeinem Sinn auf Seiten K.s liege (strenges Über-Ich, Durchschnittlichkeit bzw. »Dahinleben«, Nicht-Sehen-Wollen der Sündhaftigkeit des Menschen bzw. der eigenen Verfehlungen). Doch erscheint bei genauer Lektüre die Frage nach Schuld oder Unschuld unwesentlich, ja es zeigt sich, dass Schuld erst durch K.s verzweifelte Bemühung entsteht, zum Gericht vorzudringen.

Ähnlich ist es um die Problematik der Macht im Roman bestellt: Kafka interessiert sich weniger für ihren Ursprung (Jenseits, Diktatur, Bürokratie), sondern vor allem für ihre vielfältigen Erscheinungsformen und die mit ihr verbundene Demütigung eines Menschen.

4.2 Prinzipielle Mehrdeutigkeit

Kafkas Parabeln, meint Heinz Politzer, sind wie »Rorschach-Tests«[1], die Deutungen sagen mehr über den Interpreten aus als über den Text. Im Grunde werden Kafkas Werke *ebenso viele Deutungen wie Leser finden*[2]. Jedem einzelnen Leser, ja sogar demselben Leser in verschiedenen Lebensabschnitten und Situationen bedeute demnach das Werk Kafkas etwas anderes.

Von verschiedenen Forschern (Heinz Politzer, Friedrich Beißner, Martin Walser) wurde die Tendenz kritisiert, von außen ein Denksystem (Psychoanalyse, Existenzialismus, verschiedene Strömungen der Philosophie und Theologie) den Texten Kafkas aufzuzwingen und damit einen Ausschließlichkeitsanspruch zu verbinden. Die in die jeweilige Richtung Eingeweihten fühlen sich bei der Kafka-Lektüre

1 Bei dem nach einem Schweizer Psychiater benannten »Rorschach-Test« werden dem zu Testenden undeutliche Tintenklecks-Figuren mit der Aufforderung vorgelegt, seine Einfälle mitzuteilen. Aus den Antworten werden Rückschlüsse auf die Persönlichkeit gezogen.

2 Politzer 1978 (s. unten S. 61), S. 42.

nur in ihren üblichen Denkgewohnheiten bestärkt, der Text hingegen gerät in einer für die Literaturwissenschaft unverantwortlichen Weise aus dem Blickfeld der Analyse und wird als sprachliches Kunstwerk eines Dichters übersehen.

Kafkas Texte sind »**Rorschach-Tests**«, »**offene Parabeln**«, verwirrende »**Vexierbilder**«.

4.3 Ein hermetisches Gebilde?

An die Stelle aufgepropfter Meinungen treten heute vielfach textkritische Untersuchungen. Der Roman wird als ein äußerst kunstvolles, in sich jedoch vollkommen abgeschlossenes, als **ein hermetisches System** gesehen, dessen Eigengesetzlichkeit und **Traumlogik** nicht außer Acht gelassen werden darf.

Eine radikalere These nimmt an, Kafkas Werk unterscheide sich von anderen Werken dadurch, dass es prinzipiell nicht gedeutet werden könne. Einlinige Deutungen seien durch die Geschichte der Interpretationen und durch die Wirkungsgeschichte zu ersetzen. Doch erscheint diese Meinung etwas überzogen.

Eine andere Lösung könnte daran bestehen, dass unter strenger Beachtung des Textes die relative Berechtigung einzelner Ansätze beibehalten wird. Um die **Vielschichtigkeit und Widersprüchlichkeit dieses höchst artifiziellen Textes** kommt jedoch keine Interpretation herum.

Aufgaben mit Lösungstipps

Das folgende Kapitel bietet Ihnen konkrete Hilfen zur Vorbereitung auf Prüfungen an und gibt Ihnen weitere Anregungen für die Diskussion des Romans im Unterricht. Es versteht sich auch als Ergänzung zum Interpretationsteil.

? Aufgabe 1

a) Spielt **Fräulein Bürstner** nur im 2. Kapitel eine Rolle?

b) Beschreiben Sie die **Beziehung der Frauen zum »Gericht«!**

! Lösungstipp

- zentrale Textstellen zu Frl. Bürstner: 1. und 2. Kapitel sowie: F103; R89, F131; R114, F238; R207, F238; R207
- zu Elsa: F26; R22, F261f.; R229f., zu Leni: F111–117; R96–101; zur Frau des Gerichtsdieners: F70; R60
- s. auch oben S. 7f., S. 11f., S. 21, S. 47 sowie die Info-Klappe

a) **Zur Rolle von Fräulein Bürstner:**
- (der erste **Eindruck täuscht**:) K. kennt Frl. Bürstner kaum, sie scheint nur untergeordnete Rolle zu spielen
- er hatte *mit ihr nicht viel mehr als die Grußworte gewechselt* (F18; R15); als er sie nach dem »Überfall« beim *Taufnamen* nennen will (F39; R34), weiß er ihn nicht
- **(zu bedenken ist:)** Wächter und Josef K. betreten in ihrer Abwesenheit ihr Zimmer; der Nachttisch vor ihrem *Bett* dient als Ersatz für einen *Verhandlungstisch* (F18; R15)
- die *Bluse* (F18; R15) wird während ihrer Abwesenheit erwähnt
- (K.s Gedanken vor dem Besuch des Advokaten sind eine **Selbsttäuschung:**) *Fräulein Bürstner stand mit dem Proceß in keiner Verbindung* (F103; R89)

- (**Wahrheit** ist:) das *Verhältnis* zu F. B. *schwankt entsprechend dem Proceß [...]* (F131; R114)
- vor der Hinrichtung glaubt K. in der Ferne Frl. Bürstner zu sehen; eine letzte und vage Reminiszenz (Erinnerung) an die Liebe zu einer Frau, die es im Roman nicht gibt
- auffällig ist, dass K. den Ruf Frl. Bürstners verteidigt (F31; R26), dass er sich *Sorgen* um sie macht (F40; R34); dass er den Namen eines Zimmernachbars (auf den er wegen ihr eifersüchtig ist) nennt, als er den Weg zum Verhandlungssaal nicht findet (F46; R39)
- (entgegen dem ersten Anschein:) **Frl. Bürstner** spielt eine **zentrale Rolle**, auch wenn sie als Handelnde nur im 2. Kapitel vorkommt; **Verschränkung** der auffällig wiederholten **Zeichen** »Zimmer/Kissen/Bett/Tisch/weibliche Kleidung (Bluse)« mit dem (im 1. Kapitel nicht anwesenden) **Frl. Bürstner**; Vermutung berechtigt, dass sie als einzige der Frauen als »Heiratsobjekt« in Frage käme

b) Zur Beziehung der Frauen zum Gericht:

- als die Frau des Gerichtsdieners vor K.s Augen »abgeschleppt« wird, betrachtet er dies als *die erste zweifellose Niederlage* (F70; R60), die ihm das Gericht zufügt
- beim Besuch Elsas glaubt K., er habe dem Kutscher aus Zerstreutheit die *Gerichtsadresse* mitgeteilt (F262; R230)
- Josef K. küsst Leni im »Arbeitszimmer«, der Advokat arbeitet für K. im »Schlafzimmer«; gemeint ist jedoch die Umkehrung (Küssen im Schlafzimmer, während die »Erwachsenen« im Nebenzimmer über K., den ungezogenen Jungen, zu »Gericht« sitzen
- (ähnliche Umkehrung auch zu Beginn:) im Romantext die Folge K.s »Verhaftung« – »Überfall« auf Frl. Bürstner
- (»sinnvoll« jedoch:) die **Vertauschung dieser zeitlichen Folge**: der »Überfall« auf Frl. Bürstner zieht die »Verhaftung« und damit das ganze Romangeschehen nach sich
- **Verschränkung der beiden Welten** (»Gericht« – Frauen)

? Aufgabe 2

Deuten Sie **»Vor dem Gesetz«** – eine »offene« (vieldeutige) Parabel! (F226f.; R197f.)

! Lösungstipp

- »Durchspielen« einiger Deutungsansätze, vgl. dazu oben S. 14f., S. 24, S. 37f., S. 40 unten, S. 44, S. 46, S. 48
- Assoziationen zum Ausdruck »Der Mann vom Lande«: weite Reise; Redewendungen: »vom flachen Land kommen«, »Unschuld vom Land«, »Tölpel« (der »Dörfler«)
- in vielen Fällen brauchen wir für schwer verständliche Texte hermeneutische Hilfen (= Erklärungen): durch »Gesetzes«-Kundige, durch »Berufsinterpreten« (Theologen, Juristen, Dolmetscher), durch »Lektürehilfen«

Möglichkeiten zum Weiterdenken:

- Walter Sokel meint, das »Gesetz« sei eine Instanz, die den Menschen sirenenhaft lockt; er sieht den *Glanz* (F227; R198) nicht als aufblitzenden jenseitigen Bereich (s. oben S. 38), sondern nur als *Neckerei und Verhöhnung des Mannes; er sei ein einziger Spottruf, der ihm die Herrlichkeit, die ihm sein Leben lang vorenthalten, im Augenblick zeigt, wo er nie mehr hoffen kann, zu ihr zu gelangen.*[1] Dennoch kann auch Sokel nicht umhin, schließlich vom *Mystischen* dieses Gesetzes zu sprechen.
- Der »Mann vom Lande« wurde mit dem »Amhorez« verglichen; verächtlich wurden so von den Juden die ungebildeten Leute genannt, die die biblische Lehre nur sehr mangelhaft kannten; »Amhorez« entspricht wörtlich dem deutschen »Mann vom Lande« und nahm im Hebräischen und Jiddischen sehr bald die Bedeutung Einfaltspinsel, »Tölpel« an.

1 Sokel 1976 (s. unten S. 61), S. 225.

- ein »Amhorez« ist nun auch Josef K. im Roman, ein Unwissender in der »Lehre« (vom richtigen Leben, vom Sinn des Lebens, von undurchschaubaren Machtstrukturen)
- K. ist allerdings kein Dummkopf im gewöhnlichen Sinn, es fehlt ihm nicht an Intelligenz (er ist immerhin Prokurist); er steht einer wohl unlösbaren Aufgabe gegenüber
- (dennoch:) jeder von uns hat seine nur für ihn *bestimmt[e]* Tür (F227; R198), vgl. auch oben S. 48.
- in der **Exegese** (F227–234; R198–204), wie sie der Geistliche dem verwirrten K. anbietet, wird auch die **Problematik jeder Textdeutung** (satirisch) dargestellt
- diese **Exegese** kann auch gelesen werden **als »Machtspiel«** zwischen einem Berufsinterpreten (Jurist, Theologe, Deutschlehrer) und einem mit den Feinheiten der Deutung zwar nicht Vertrauten, aber dennoch von ihr Abhängigen (als Klient eines Rechtsanwaltes, als ein mit Kafka nicht vertrauter Leser, als Schüler vor einer Prüfung)

? Aufgabe 3

Welche Bedeutung haben **»Schrift«** und **»Schreiben«** im »Proceß«?

! Lösungstipp

- Lektüre des Textes mit dem Ziel, Zeichen des »Schreibens« zu finden; besonders relevant: F118ff.; R102ff.
- Funktionen des Geschriebenen in unserem Leben:
  - sich über sich selbst klar werden, Erlebnisse mitteilen (Brief, Tagebuch, Schriftstellerei)
  - Bürokratie, »Amtsschimmel«, Kontrolle
  - religiöse Erkenntnis aus heiligen »Schriften«

a) Zeichen des »Schreibens«:

- Frau Grubach kommt die Verhaftung *wie etwas Gelehrtes* (F28; R24) vor – eine eigenartige Formulierung für eine zugegeben ebenso eigenartige »Verhaftung«
- die *Anklageschrift* (F120; R104) nicht bekannt; *[d]ie abschließenden Entscheidungen des Gerichtes werden nicht veröffentlicht* (F162; R141); handelt es sich hier nur um Geheimnistuerei des Advokaten bzw. des Gerichtsmalers?
- K.s Plan einer *Verteidigungsschrift* bzw. einer Lebensbeschreibung, in der er für jede wichtige Entscheidung erklären will, *aus welchen Gründen er so gehandelt hatte* (F118; R102). Damit könnte er – wie es im ersten Kapitel hieß – *Klarheit über seine Lage* (F12; R9) gewinnen; dieser Entschluss – der *seine vollständige und endgiltige Befreiung* bringen soll – stellt sich *schwerwiegender* (F138; R120) dar, als er ursprünglich annahm.
- diese Absicht könnte die einzig richtige sein: die Hauptfigur würde sich damit selbst Rechenschaft geben
- Josef K. ist (mehrfach erwähnt!) *Prokurist*, also Bevollmächtigter für rechtsgültige Unterschriften einer Firma und hat beruflich ständig mit »Schriftstücken« zu tun
- »Verteidigungsschrift« auch eine Anspielung auf Kafkas unrühmliche Rolle gegenüber Felice Bauer (s. oben S. 20)
- Zusammenhang von K.s (bürokratischem) Beruf und »Gericht«: Seine Tätigkeit am *Schreibtisch* erscheint ihm wie eine mit seinem Prozess zusammenhängende *Folter* (F139; R121)
- im Advokatenzimmer: *Kerze, Tintenfaß, Feder*, sowie *Proceßschriften*; auffällig, dass sie *peinlich* geordnet sind (F192; R167); im Prügler-Kapitel (F87ff.; R87ff.) wird tatsächlich »gepeinigt«; dabei werden zweimal(!) erwähnt: *Kerze, Drucksorten* (= Formulare), *Kopien, Tintenflaschen*
- Romangeschehen stark vom Kommunikationszeitalter geprägt; Hinweis, auf dem Land sei K. für das »Gericht« nur *brieflich telegraphisch telephonisch* (F100; R87) erreichbar

– auch das sind Machtmittel, mit denen das Gericht den Angeklagten kontrollieren kann; der Onkel sieht es zwar nicht so, doch auffällig ist seine hektische Reihung der Worte

b) **Funktionen des Geschriebenen:**
»Schreiben« stellt ein komplexes **Bedeutungsgeflecht** dar; einige »Stränge« heben sich deutlicher ab:
– Bedeutung des »Schreibens« für den Beamten Josef K.
– Bedeutung für den Beamten und Schriftsteller Franz Kafka
– **»Schreiben« als Selbst-Erkenntnis**; Kafka kannte einen Ausspruch des norwegischen Dichters Henrik Ibsen: Schreiben ist *Gerichtstag halten über das eigene Ich*
– Verwaltung und **Bürokratie als Überwachung durch »Geschriebenes«**, (wobei Josef K. als Beamter Subjekt (= Überwacher) und Objekt (= Überwachter) zugleich ist)

? Aufgabe 4

Beschreiben Sie die Rolle der **»Lichtregie«** im Roman!

! Lösungstipp

- s. oben S. 24f., S. 30f., S. 37, S. 38

Lichtregie:
- **Fehlen von Farbe** über weite Strecken
- **(umso auffälliger ihre Erwähnung:)** *widerliche gelbe rauchende Flüssigkeit* (F147; R128) beim Betreten des Ateliers; an der Tür mit *roter* Farbe Titorellis Name; dieser mit *gelbliche[r]* Hose (F149f.; R130) bekleidet, sein Bett *verschiedenfarbig; rot[e]* Lippen der »Buckligen« (F151; R131); Farben in der Beschreibung von »Gerichts«-Bildern, z. B.: *gelb* (F113; R98), *rötlich* (F154; R134); bei der Betrachtung der Bilder im Dom ist K. vom *grünen* Licht (F217; R189) seiner Taschenlampe irritiert

- **Zwielicht** vorherrschend; im Kapitel »Erste Untersuchung«: Leute auf der Galerie im *Halbdunkel* (F49; R42), *trübe[s] Tageslicht* (F57; R49) am Saalende bei der Episode mit der Frau des Gerichtsdieners; Gang in den Gerichtskanzleien *nicht vollständig dunkel* (F74; R63); ebenso beim Hinausgehen: *Halbdunkel* (F78; R67); Mann im *Halbdunkel am Ende des Ganges* (F173; R151); nach dem Eintritt in das *dunkle Haus* des Advokaten fällt die *Gasflamme* auf, die nur *wenig Licht* gibt (F103; R89); *bleiches Licht* (F147; R128) im Maleratelier; Luft und Atmosphäre hier und in ähnlichen Passagen dabei immer als *drückend* (F155; R135), schwül und dumpf beschrieben
- Gedanke an die »Verteidigungsschrift« (s. oben S. 56f.) bei einem vom Schneefall *trüben Licht* (F118; R102)
- **Licht einer Kerze** (sonst Zeichen des Vertrauten) in der Prüglerszene als Beleuchtung eines sadistischen Rituals
- Kaufmann Block mit Kerze (F176; R153), Advokat liest *beim Licht einer Kerze* (F193; R168); die beiden sind sich trotz des Machtgefälles ähnlicher, als der erste Eindruck nahelegt
- *Mondschein* (F240; R208) bei der Hinrichtung; hier (wie auch sonst oft) scheint Kafka auf alte Mythen anzuspielen: Diana = römische Göttin des Mondes und der Jagd
- Arbeitszimmer des Advokaten im *Mondlicht* (F111; R96) – schon im Anfangskapitel: *Pölster* (= Kissen) im *Mondlicht* (F30; R26); im Prüglerkapitel: draußen der *Widerschein des Mondes* (F91f.; R79)
- **»Mondschein« = Verkettung mit dem Schlussbild**
- der in der Legende erwähnte »Glanz« kontrastiert aufs Schärfste mit dem Satz: *Einmal blinkte [. . .] das silberne Standbild eines Heiligen nur mit dem Schein des Silbers und spielte gleich wieder ins Dunkel über* (F234; R204)
- Licht kann sogar paradoxen Effekt haben: eine Kerze im Dom *vermehrt* (F216; R189) die Finsternis
- **Zwielicht/Dunkel** stehen für **K.s fehlende Erkenntnis und Einsicht**

? Aufgabe 5

Beschreiben Sie die **Verfilmung durch Orson Welles** (1962) als konstruktive **Neuinterpretation** der Roman-Vorlage!

! Lösungstipp

- **Schauplätze, Kameraführung, Perspektive**
  - Amtsgebäude sind *monumental im Aussehen, aber heruntergekommen, düster und kalt. Sie strömen die deprimierende Atmosphäre aller öffentlichen Gebäude aus.* (Orson Welles)
  - **monströse** und höchst **trickreiche Perspektive**; in den Anfangsequenzen: niedrige Räume/hohe Türen; die Zimmerdecke drückt dadurch auf den Kopf der Menschen, sie werden zu ungelenken Zwergen deformiert
  - Film durch **Nahaufnahme von K.s Gesicht** eröffnet; zuckende Wimpern beim Erwachen (wirkt wie »**Geburt**«)
  - Kameraführung in K.s Zimmer: labyrinthische Ausschnitte; kommendes großes **Labyrinth** so vorweggenommen
  - das **Tür-Motiv** des Romans wird im Film mehrfach erweitert: albtraumhafte und bizarre Überraschungen beim Aufreißen einer Tür: K. erblickt Frl. Bürstner beim Entkleiden; Türen zeigen im Film oft Verbotenes
  - krasse **Schwarz-Weiß-Technik**; extrem: Fragmentierung der Gesichter in der Prügelszene; bei der Flucht aus Titorellis Atelier erzeugen die **stroboskopischen Effekte** ein abstraktes, tänzelndes Muster auf K.s Körper
  - Zwielicht im Film selten (s. oben S. 58); Vorkommen besonders effektvoll: barocker »**Theaterdonner**« beim ersten Auftritt des (von Welles dargestellten) Advokaten; Gesicht löst sich aus einer Wolke von Zigarettendunst; dämonisches Aussehen
  - der **Anwalt** ist im Grunde genommen infantil, eine **invalide Vaterfigur** mit vulgärem Charme

- expressive Perspektivik, grelle Licht-Schatten-Kontrastierung wirken äußerst **beklemmend**; vollkommene **wie selbstverständlich gewordene Bedrohung**

- **Aktualisierung**
  - **gigantisch großer Computer** in K.s Büro, Sekretärinnen an Hunderten von Schreibtischen (die Firma Olivetti stellte ca. **800 Schreibmaschinen** zur Verfügung)
  - **Anspielung auf die KZs**; Gefangene tragen Nummern, stehen inmitten einer verschleierten Christusstatue
  - **Josef K.** als **kleiner Bürokrat**; Welles in einem Interview: K. sei zwar nicht im Sinne der Anklage schuldig, *aber er ist dennoch schuldig, er kollaboriert mit einer schuldigen Gesellschaft*
  - Welles nicht an »inneren« Deutungen (existenzialistisch, religiös und psychologisch) interessiert, sondern am **Konflikt** zwischen **Individuum** und moderner **Gesellschaft**

- **Abweichungen von der Romanvorlage**
  - die **Parabel** als Folge altertümlicher Bilder **an den Anfang gestellt**; als indirekter **Kommentar zum Medium Film** (der aus einzelnen Bildern besteht)
  - ursprünglich sollte der Erzähler sich hierauf ans Publikum wenden und die Unauslotbarkeit der Geschichte betonen; in der Endfassung nur die Bemerkung, der folgende Film habe »die Logik eines Traums, eines Albtraums«
  - größte Abweichungen: **Auflehnung des Josef K. in den Schlussszenen**; er ist nicht bereit, masochistisch *wie ein Hund* (F241; R211) zu sterben und Komplize in seinem »Hinrichtungsritual« zu sein (s. oben S. 16); er lässt sich zwar noch entkleiden, doch wirft er die Bombe zurück
  - **gigantische Explosion**; Rauchwolke nimmt Form eines Pilzes an, löst sich in Nichts auf; wir erfahren nicht, ob es K. gelang, seine Verfolger zu vernichten (offener Schluss); doch vollkommene **Verwüstung** steht am Ende

Lese- und Filmtipps

Literatur zu Kafka allgemein

Die Bücher sollten in größeren Stadtbüchereien vorhanden sein.

Anz, Thomas: Franz Kafka. Leben und Werk. München (Beck) 2009 • Übersichtliche und fundierte Darstellung des Gesamtwerks unter dem Aspekt der Machtkritik

Grözinger, Karl Erich: Kafka und die Kabbala. Das Jüdische im Werk und Denken von Franz Kafka. Hamburg (Philo) 2002 • Fundiert; der Einfluss der jüdischen Geheimlehre wird dabei vielleicht überschätzt

Politzer, Heinz: Franz Kafka. Der Künstler. Frankfurt a. M. (Suhrkamp) 1978 (suhrkamp taschenbuch 433) • Empfehlenswert, da Kafkas Werk als Dichtung verstanden und vor einseitigen Interpretationen in Schutz genommen wird; eine gewisse Vertrautheit mit dem Gesamtwerk wird allerdings vorausgesetzt

Schlingmann, Karsten: Franz Kafka. Literaturwissen. Stuttgart (Reclam) 1995 (Reclams UB 15204) • Einfach verständliche Einführung in Biografie und Gesamtwerk; zum »Proceß«: S. 41–45; zu »Vor dem Gesetz«: S. 97–104

Sokel, Walter H.: Franz Kafka. Tragik und Ironie. Zur Struktur seiner Kunst. Frankfurt a. M. (Fischer) 1976 (Fischer Bücherei 1790) • Umfangreiche Diskussion des Gesamtwerks; für Kafka-»Spezialisten« eine Fundgrube

Wagenbach, Klaus: Franz Kafka. Reinbek bei Hamburg (Rowohlt) 2002 (rororo monographien) • Bebilderte Biografie; stellt viele »Legenden« über das Leben des Autors richtig

www.franzkafka.de: Informative Website zu Kafkas Leben und Werk; enthält zahlreiche Literaturhinweise sowie Links zu weiteren Internetseiten

Literatur zum »Proceß«

Beicken, Peter: Franz Kafka – Der Proceß. München (Oldenbourg) 1999 • Fundierte Deutung auf aktuellem Stand; v. a. für Lehrer

Bogdal, Klaus-Michael (Hg): Neue Literaturtheorien in der Praxis – Textanalysen von Kafkas »Vor dem Gesetz«. Opladen (Westdeutscher Verlag) 1993 • Neue Zugänge zu einem der berühmtesten Texte Kafkas; für den Lehrer gedacht

Müller, Michael: Franz Kafka – Der Prozeß. Erläuterungen und Dokumente. Stuttgart (Reclam) 1993 (Reclams UB 8197) • Umfangreiche Materialsammlung, im Teil »Wirkungsgeschichte« finden Sie verschiedene Deutungsansätze

Müller, Michael: Franz Kafka – Der Proceß. In: Interpretationen. Romane des 20. Jahrhunderts, Bd. 1 (S. 101–127). Stuttgart (Reclam) 1993 (Reclams UB 8808) • Kurzinterpretation

Robertson, Ritchie: Franz Kafka – Der Proceß. In: Müller, Michael (Hg.): Interpretationen. Franz Kafka. Romane und Erzählungen. Stuttgart (Reclam) 2004 (Reclams UB 17521) • Kurzinterpretation mit Berücksichtigung verschiedener Ansätze

Zimmermann, Hans Dieter: Der babylonische Dolmetscher – Zu Franz Kafka und Robert Walser. Frankfurt a. M. (Suhrkamp) 1985 (edition suhrkamp 1316) • Besonders lesenswert S. 79–136

Verfilmungen

Orson Welles (F/I/BRD 1962): Le Procès/Il processo/Der Prozeß (Anthony Perkins, Romy Schneider, Orson Welles)

Steven Soderberg (USA/GB/F 1991): Kafka • Sehr freie und ironische Verwendung von Elementen aus Kafkas Leben und Werk

David Jones (GB 1992): Der Prozeß (Kyle McLachlan als Josef K., Anthony Hopkins als Priester)

Mit den tollen Lernhilfen von der 5. Klasse bis zum Abitur.

mentor – garantiert mehr Erfolg!

- Unterrichtsstoff Schritt für Schritt erklärt
- Kleine übersichtliche Lerneinheiten
- Viele Übungen und ausführliche Lösungen
- Für alle wichtigen Themenschwerpunkte der Fächer Deutsch, Englisch, Mathematik, Französisch, Physik, Chemie und Biologie

mentor
Eine Klasse besser.

www.mentor.de

Stichwortverzeichnis